FEIYI GUANGXI

“非遗广西”丛书编委会

布洛陀

壮族创世史诗

非遗广西

广西壮族自治区党委宣传部
当代文学艺术创作工程扶持项目

李斯颖 著

广西教育出版社

图书在版编目（CIP）数据

布洛陀：壮族创世史诗 / 李斯颖著 . — 南宁：广西教育出版社，2022.6（2022.10 重印）
（非遗广西）
ISBN 978-7-5435-9135-6

Ⅰ . ①布… Ⅱ . ①李… Ⅲ . ①壮族—史诗—介绍—广西 Ⅳ . ① I207.22

中国版本图书馆 CIP 数据核字（2022）第 081668 号

出 版 人	石立民	**责任编辑**	韦胜辉 熊奥奔 陈逸飞
出版统筹	郭玉婷	**美术编辑**	杨 阳
设计统筹	姚明聚	**责任校对**	谢桂清
印制统筹	罗梦来	**责任印制**	蒋 媛
音像出品	韦志江	**音像监制**	滕耀胜
音像统筹	陆春泉	**音像编辑**	钟智勇

出 版 广西教育出版社
广西南宁市鲤湾路 8 号 邮政编码 530022
发行电话 0771-5865797
印 装 广西民族印刷包装集团有限公司
开 本 880 mm × 1230 mm 1/32
印 张 5
字 数 100 千字
版次印次 2022 年 6 月第 1 版 2022 年 10 月第 3 次印刷
书 号 ISBN 978-7-5435-9135-6
定 价 28.00 元

前 言

文化是民族的血脉，是人民的精神家园。习近平总书记强调，“中华民族在几千年历史中创造和延续的中华优秀传统文化，是中华民族的根和魂”。党的十八大以来，以习近平同志为核心的党中央高度重视中华优秀传统文化保护传承工作。中共中央办公厅、国务院办公厅2017年1月印发的《关于实施中华优秀传统文化传承发展工程的意见》强调，实施中华优秀传统文化传承发展工程，是建设社会主义文化强国的重大战略任务，对于传承中华文脉、全面提升人民群众文化素养、维护国家文化安全、增强国家文化软实力、推进国家治理体系和治理能力现代化，具有重要意义。非物质文化遗产是中华优秀传统文化的重要组成部分，是中华文明绵延传承的生动见证，是联结民族情感、维系国家统一的重要基础。保护好、传承好、利用好非物质文化遗产，对于延续历史文脉、坚定文化自信、推动文明交流互鉴、建设社会主义文化强国具有重要意义。

2017年4月，习近平总书记视察广西，来到合浦汉代文化博物馆，指出这里有着深厚的文化底蕴，要让文物说话，让历史说话，让文化说话，要加强文物保护和利用，加强历

史研究和传承。2021年4月，恰逢“壮族三月三”活动期间，习近平总书记再次亲临广西视察，专程到广西民族博物馆观看壮族织锦技艺、壮族天琴艺术等非物质文化遗产项目的展示展演并给予高度肯定。2021年6月，习近平总书记在给老艺术家黄婉秋的回信中说，你主演的电影《刘三姐》家喻户晓，让无数观众领略到了“刘三姐歌谣”文化的魅力。总书记同时指出，深入生活，扎根人民，把各民族共同创造的中华文化传承好、发展好，是新时代文艺工作者的光荣使命。习近平总书记的重要指示，为我们做好广西文化遗产保护传承工作提供了根本遵循。

广西地处祖国南疆，是一个多民族聚居的地区，有壮、汉等12个世居民族。长期以来，各民族交往交流交融，和睦相处，团结奋斗，在八桂大地共同创造了光辉灿烂的历史和文化。广西各民族在适应自然，创造历史，与自然和历史对话过程中创造出多姿多彩、丰富厚重，具有极高历史价值、文学价值、艺术价值和科学价值的民族文化，为我们留下了宝贵的非物质文化遗产。这些遗产，一方面是各民族在广西这片亚热带土地辛勤耕耘的见证，另一方面也反映了广西各民族之间交往交流交融、共建壮美家园的历史，有力佐证了我们56个民族是命运与共的中华民族共同体。

广西非物质文化遗产以其多元化的形态体现着各民族的聪明智慧和非凡的创造力，是传承各民族文化根脉的宝贵资源财富，是激励各民族团结奋进、锐意进取的不竭动力和源泉，对继承和弘扬中华优秀传统文化，推动社会主义文化大发展大繁荣具有重要意义。为保护各民族共同创造的非物质文化遗产，广西采取积极有效措施，加强非物质文化遗产的保护与传承。截至2022年6月，广西共有70项国家级非物质文化遗产代表性项目，先后有49名传承人被认定为国家级非物质文化遗产代表性传承人；共有914项自治区级非物质文化遗产代表性项目，先后有936名传承人被认定为自治区级非物质文化遗产代表性传承人。

2021年8月，中共中央办公厅、国务院办公厅印发《关于进一步加强非物质文化遗产保护工作的意见》，要求加强非物质文化遗产相关出版工作，加大非物质文化遗产传播普及力度，出版非物质文化遗产通识教育读本。为认真贯彻落实习近平总书记关于文化遗产保护的系列重要指示精神和中办、国办有关文件精神，深入实施中华优秀传统文化传承发展工程，保护、传承非物质文化遗产，广西壮族自治区党委宣传部组织广西出版传媒集团旗下7家出版单位编纂出版了广西非物质文化遗产普及读物——“非遗广西”丛书，并将其列入广西当代文学艺术创作工程三年规划（2022—2024年）给予扶持。“非遗广西”丛书共20种，每种均附音频、视频等数字出版内容，通过融合出版方式增强丛书的通俗性、可读性、趣味性，全方位展示广西丰富多彩的非物质文化遗产。这对于加强广西非物质文化遗产保护、传承和开发利用，提升广西优秀传统文化影响力和传播力，建设新时代中国特色社会主义壮美广西，铸牢中华民族共同体意识具有重要意义。

目录 MULU

布洛陀史诗的其他民间传说

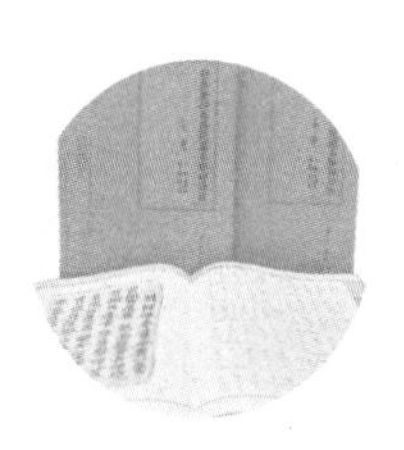

布洛陀史诗的保护与传承

附录

布洛陀文化：珠江流域历史文化的积淀

珠江流域人类活动的记忆传承

自古以来，珠江流域就是壮族、侗族、布依族、毛南族、仫佬族等百越民族先民栖息的家园。珠江流域的历史文化，是这些民族的先民与后来的汉族、苗族、瑶族、彝族等民族的先民共同创造的。以布洛陀史诗为代表的布洛陀文化保存了珠江流域早期人类活动的记忆，再现了珠江流域先民的聪

扫码看视频

布洛陀塑像（位于广西百色市田阳区敢壮山）

明才智。可以说，布洛陀形象正是珠江流域先民的智慧结晶。

布洛陀文化在上万年前就已开始萌芽，是珠江流域先民历史生活的再现与记忆传承。布洛陀史诗集中反映了珠江流域先民的社会发展历程，具有历史学、民族学、语言学、文学等多学科的研究价值。

珠江流域是布洛陀文化产生的沃壤。

珠江流域先民世代与山为伴，靠山为生，珠江流域先民生活的区域山川多，大多为喀斯特地貌，这是布洛陀文化得以产生的沃壤。史诗里说布洛陀居住在山洞里，是“山谷中的智慧老者”，“祖公家在岩洞下，请去到岩洞下找。祖公村子在山下，请去到山下面寻。到村子下去找，到山下边去喊”。目前，珠江流域先民后裔——壮侗语民族的主要聚居区内山脉纵横。西部属云贵高原的边缘，有六诏山脉横贯云南省文山壮族苗族自治州境内，并延伸至广西的那坡县。广西百色地区有金钟山、岑王老山、青龙山等。北部是桂北边缘山脉，有凤凰山、九万大山、大苗山、大南山和天平山等山脉，越城岭主峰猫儿山海拔 2141.5 米，是广西的第一高峰。中部偏西由西北向东南走向的弧形山脉主要有都阳山、大明山等，大明山主峰海拔 1760 米。南部和西南部为十万大山、公母山、大青山等。东部广东连山的萌渚岭一带也是现今壮族的聚居区。中部偏东盘亘着大瑶山、莲花山等山脉，大瑶山主峰圣堂山海拔 1979 米。正是在对山的敬畏、依恋的情感之下，孕育出了史诗中以山和岩洞为背景的智慧老人。

珠江流域先民生活的地域属低纬度地区，北回归线横穿现今广西的上林、德保、那坡以及云南文山，属亚热带季风湿润气候。这里气候温热，雨量较多，具有良好的天然条件，树林草丛，自生自灭，形成一片片肥沃的土壤；但群山重叠，沟壑密布，又给人们生产生活带来许多不便。这一流域山高林密，物种繁多，植被繁密，云遮雾障，给人一种神秘之感。如此神幻奇妙的自然山水以及人们在山间水畔的种种实践，易启发人们想象，塑造着人们的思维，成为大量文学形象滋生的沃壤。史诗中记载的三百六十妖、七百二十怪和多数神祇与珠江流域先民生存环境中常见的动植物有着密切关系。如珠江流域先民图腾崇拜中的鸟、老虎、牛、马、羊、鸡、鸭、老鼠、蛇、鹰、榕树、樟树、竹子、花草、谷物等，都是他们生活中常见的动植物。史诗中关于各种物质来源、现象的解释，也基于本土的

珠江流域喀斯特地貌

生物形态。比如解释萤火虫和草蜈蚣为什么会发光时，史诗说，造火时出现的第一粒火星被萤火虫拿去，往上成了雷火，出现的第二粒火星被草蜈蚣拿去，往下变成额（壮族崇拜的水神）火。

史诗折射出珠江流域先民早期的生产生活内容。

布洛陀史诗里记述了珠江流域先民使用各种各样生产生活工具的情形，揭示了早期的家畜饲养业和农业的出现。人们造火时以木为工具，种植稻谷时发明了犁耙，造出牛用来耕田，做饭时发明了陶器用来蒸煮，捕鱼时发明了水戽、渔网、石网坠，御寒时发明了纺锤用来织衣，渡江河时造出了渡船，避雷雨烈日时造出了干栏，发现红铜后炼出铜刀、铜印、铜鼓等，并打铜柱撑天。有的史诗篇章叙述了铜的来源，提到珠江流域先民制出了举行仪式用的铜铃。史诗中还提及

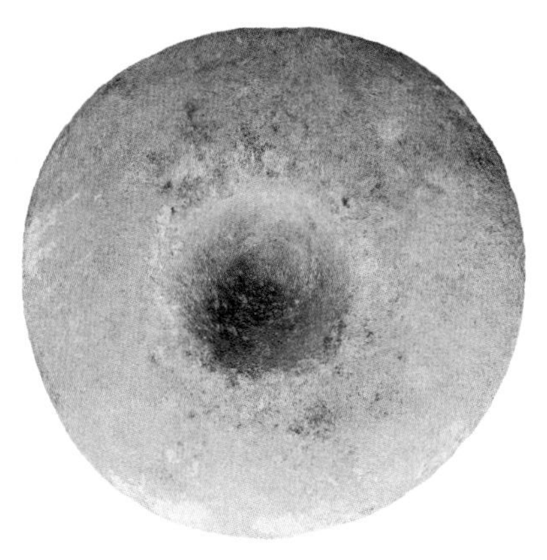

新石器时代石网坠（广西柳州市柳江区出土）

珠江流域先民用铁柱把地打沉、用锡补天等情形。

依据人类社会发展规律及目前的考古发现，珠江流域先民经历漫长的旧石器和新石器阶段，留下了不少人类化石和遗存物。在旧石器时代，珠江流域先民制作和使用的生产工具主要是木器和石器，基本上过着采集和渔猎的生活。在生产劳动实践中，人们逐步学会用石块、兽骨制成砍砸器、刮削器、手镐、手斧等各种工具。

在珠江流域先民新石器时代的遗址中，发现了石斧、石刀、石凿、石锛、石杵、石锤等磨制石器以及骨锥、骨针、骨匕、骨鱼钩、骨镞等骨器，还有极为粗糙的陶罐等。这些都充分说明了当时的生产力发展水平。当时，珠江流域的先民开始驯养动物和栽培植物，出现了早期的家畜饲养业和农业，他们用饲养的家畜骨头来制作骨器。新石器时代晚期，出现了金属生产工具，柔软的天然纯铜是石器到青铜器的过

旧石器时代手斧（广西百色市田东县出土）

新石器时代陶罐（广西南宁市武鸣区出土）

渡，主要用于琢磨石器等生产工具。掌握金属工具中的铜，使珠江流域先民的生产力有了新的突破，大明山麓武鸣区元龙坡古墓群中商周时代精致的铜器，说明珠江流域先民最迟在西周进入青铜时代。生产力进步带动社会发展的步伐加快，社会物质和精神产品开始丰富，珠江流域先民迎来了文明社会的曙光。

史诗记录了珠江流域先民所经历的若干制度阶段。

布洛陀史诗记录了珠江流域先民所经历的早期社会若干制度阶段，再现了他们在母系氏族社会、父系氏族社会等阶段不同的生产力发展水平。在历史上，珠江流域先民从旧石器时代晚期开始，进入了一个长达数万年的氏族公社时期，包括母系氏族公社时期和父系氏族公社时期。

在母系氏族公社时期，妇女作为社会生产生活的组织者和领导者，享有崇高的地位和威望。妇女抚养子女，从事采

集及缝制衣服、制陶等手工制作业，有时也参加捕捞等活动，在稍后出现的农业和牲畜饲养业中也曾起过主导作用。男子则主要从事狩猎和捕捞工作。由于妇女对于社会生产生活的贡献巨大，再加上其对子女具有所有权，使得妇女在社会中的地位高于男子。在这一时期，图腾崇拜也开始萌芽。在母系氏族社会的鼎盛时期，社会生产力发展迅速，早期农业、饲养业出现并不断发展。

随着生产力的发展，生产工具和技术不断变革，这引起了家庭分工的变化，使父权制逐步取代母权制。体力较强的男子在农业生产上占据优势，他们不断制造、革新生产工具，从事各种农事劳动。于是，他们逐步取代妇女而成为农业生产上的主要力量，使妇女退居到日益繁杂的社会服务和家务劳动中去。这个时期，珠江流域先民最显著的进步是在稻田中使用大石铲，反映了农业已从刀耕火种的生产阶段进入到铲耕（锄耕）生产阶段。此时的经济生活以狩猎和捕鱼为辅。于是，珠江流域早期社会的母系氏族制度开始瓦解，父权制在母权制的基础上孕育成长起来，并逐步取代母权制，社会开始进入父系氏族公社阶段。

珠江流域先民进入父系氏族公社阶段后，负责管理氏族公社事务的头人由女性转变为男性，并一直延续下来。在史诗中，布洛陀的配偶——姆洛甲是母系氏族社会的形象代表，而布洛陀则是父系氏族社会的形象代表。姆洛甲也是开天辟地的女始祖，是人类的祖先。进入父系氏族社会后，随着体格强壮的男子逐渐取代女子在劳动中的重要地位，布洛陀也

新石器时代大石铲（广西南宁市隆安县出土）

成为史诗叙事的核心人物，他率领诸神完成开天辟地、创造万物的宏伟业绩。与此同时，史诗也融汇了母权制和父权制相争的一些史实。如女儿回来争财产：“姑娘空手回娘家，姑娘白手回娘家，问要成个的手镯，问要整百的钱财，问要长尾巴的马，还问要大牛在先。”这是对母系氏族社会女子财产

姆洛甲雕像（位于广西百色市田阳区）

所有权的一种伸张。

史诗保存了对早期部族战争的记忆。

布洛陀史诗提及的十二个部族包括以鸟、水牛、马蜂、蛙、羊、鱼等动物为图腾的部族。有部族，就会有部族战争。史诗描写了三兄弟争夺统治印章、汉王和祖王的斗争等。史诗中写道：

打贼打胜仗，攻城墙也倒。

征战得母牛，攻寨得公牛。

虏白脸男奴，获红脸女奴。

始祖得水牛，近祖得奴仆。

这种频繁攻伐、相互掳掠的情形，明显是对奴隶社会初期掠夺战争的描写，是奴隶社会形成的必经阶段。这与历史记载也相吻合。距今3000年前，珠江流域先民处于部落联盟或军事民主制发展阶段，正迈入奴隶制的门槛。各地部落林立，各治其业，互不统属。从汉文古籍上看，先秦时期珠江流域先民分布的地区，曾经有过瓯、骆、仓吾、损子、产里、句町、濮、夜郎、毋敛等部族。依《汉书·地理志》记载，自交趾至会稽七八千里的范围内，百越杂处，各有种姓。在氏族时代中，种姓是以图腾为标志的。部落之间兼并战争频仍，一些小部落逐步被实力较强大的部落所兼并，也有一些弱小的部落相互联合起来，以对抗强大部落的兼并，逐步形成以西瓯、骆越为核心的强大部落群体。

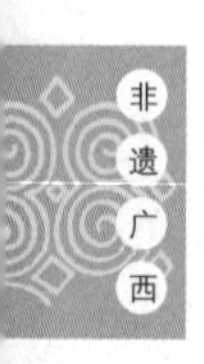

综上所述，布洛陀史诗中蕴含着珠江流域先民早期社会的丰富信息，反映了他们在不同社会阶段的生产力发展水平，刻录下他们经历的母系氏族社会、父系氏族社会以及奴隶社会初期的历史进程，综合再现了这一漫长历史阶段的诸多情形，包括图腾信仰的兴盛、父系氏族社会取代母系氏族社会、部落战争等。这些因素综合作用使史诗蔚为大观，被誉为珠江流域先民的百科全书，具有不可替代的历史文化价值。

珠江流域先民的智慧结晶

布洛陀文化是珠江流域先民文化凝结与积淀的结果。

布洛陀作为壮侗语族先民所崇拜的早期创世始祖神祇，是他们在氏族和部落首领、精神信仰领袖和民间长老、祖先等形象的基础上塑造出来的，至少已有万余年。如今，在以壮族为主的壮侗语民族中，对布洛陀的信仰仍然存在并继续传承着。

如今使用的“布洛陀”是壮语音译，意思是“无所不知，无所不能的智慧老人”。其中，“布”是壮语中对男性长者的敬称，为“祖公”之意；“洛”为壮语的“通晓”之意；“陀”为壮语的“足够、全部”之意。

学者认为布洛陀具备多重身份特征，既带有早期社会首领的身份特征，同时也是骆越国的祭司与决策者之一。布洛陀这一名称蕴含了布洛陀神格形象的变迁和发展，最初体现了珠江流域先民的鸟图腾观念，后来融入了氏族部落首领的形象特征，布洛陀便成了祖先神、创世神与文化英雄。布洛陀文化随着珠江流域先民观念的发展而发展，一脉相承，延续性强，至今在其后裔民族——壮族民间仍有深厚的民众基础，表现形态多样。他的形象既是民族历史文化与生活的映

2004年首届布洛陀民俗文化旅游节盛况

扫码看视频

射，又凝聚着民族的精神依托和理想，在人们心中占据着重要地位。

布洛陀的形象带有深厚的鸟图腾崇拜痕迹。

珠江流域先民曾以鸟为图腾，相关记载不绝于书。鸟部落曾经是珠江流域先民社会中力量强大、信仰深厚的一个部落。他们将鸟视为图腾，以鸟的羽毛为神物，插羽毛、戴羽冠、穿羽衣，把自己打扮成鸟的样子，以求得鸟图腾的认同。《山海经》《吕氏春秋》里记载的“羽民”“羽民之国”等，主要指的就是这些珠江流域先民。珠江流域鸟类较多，在原始

鹭鸟图腾石雕（位于广西百色市田阳区敢壮山）

思维的作用下，其民产生了对鸟类的认同和依赖。他们把自己打扮成鸟类的样子，证明自己和鸟类的亲属关系。此后，图腾亲属观念又演变为图腾祖先观念，图腾物已不仅是能够给予他们保护和帮助的亲属，还上升为他们的始祖，成为他们族群来源的出处。

布洛陀形象表现出父系氏族社会越巫的特征。

布洛陀作为信仰领袖的形象出现时，他手持法杖，挎着

史诗传承人在主持禳灾祈福仪式

装有经书和法具的布袋应时而至，助民间仪式执行者显示神威。布洛陀被视为民间信仰的创立者，他替人们祈福禳灾。史诗里叙述，布洛陀可以与鬼、神沟通，将人的灵魂送往祖先故地，知晓如何抚慰万物的灵魂，能够将水、火、谷物、水牛等的灵魂召回，使万物昌盛；人们凡遇灾殃或疑难不解之事，都要祷问布洛陀，祈求释难解救；或当事者在危难之际，往往会巧遇布洛陀而获得神助，经释疑开导，只要遵照布洛陀的旨意去做，即可化解，脱离厄运，达其祈愿。

布洛陀形象带有氏族首领的特征。

布洛陀就像一位“百事通”长者，展露出浓厚的氏族首领特征。早在父系社会时期，珠江流域先民已有固定的部落体系。在氏族社会阶段，人类社会内部的斗争还尚未成为主流，人们以群体的方式共同对抗自然力量，并且往往会推举出一名具有特殊才干的人，作为他们精神和生活的领袖。史诗中的布洛陀有号召力，威信高，有着某些超人的能力，他为整个族群的发展贡献了自己的智慧和神力。史诗中写道：

前世未造刀，古时无园圃。
混沌神造箱，上梁神造园。
布洛陀来造，麼渌甲来制。
前世未造钳，郎汉王来造。

布洛陀作为一个氏族或部落首领，有足够的威信来调解各种矛盾，帮助人们解决实际问题。随着父系氏族社会的发展，社会内部产生了私有制，出现了财产的纷争，也导致了各种家庭矛盾的产生，包括父子、兄弟、婆媳、母女等之间的矛盾。

布洛陀履行的是部落首领的职责，带领珠江流域先民经历了最初的文明发展阶段。他教会人们怎么用火、如何寻找水源、如何进行水稻栽培、如何驯服野生动物，甚至规定了自然的秩序。他发明了各种工具，教人们制作各种器物，还消灭了威胁人类生命的各种鬼怪，制定了历法和社会管理制度、婚丧习俗、日常礼仪等。因此，他被人们认为是“世界上最聪明的人”。

布洛陀形象是对英雄祖先崇拜的凝结。

随着时代的发展，原先具有首领、信仰领袖与祭司等多重身份的布洛陀，日益清晰地成为珠江流域先民后裔——壮族、布依族、毛南族、仫佬族等民族的创世始祖神。他既是

布依族布洛陀雕像

人类生活的物质世界的规划者、创造者，又是世间万物的发明人。他是人类的生父，与姆洛甲一起生育了聪慧的珠江流域先民；又是使人类从洪水中幸存并发展壮大的指导者。

史诗中的布洛陀形象实现了从氏族首领到民族祖先神的形象转换，他继承了早期图腾信仰的特征，成为一个具有多重内涵的文化英雄。他的形象已经进化，不再像他的兄弟雷王那样，生着一双闪着绿光的、灯笼般的眼睛，背脊上长有一双能在天空飞翔的翅膀，下面接着鸡的双脚。布洛陀作为具有威望的首领，其形象融合了图腾祖先崇拜，成为壮族人民共同的始祖，为人们所敬仰和膜拜。

为了让人类在世间的生活更为舒适，他制定了文字历书，创制了各级管理者来解决纠纷，发明了各种方便人们生活的生产器具。在壮族民间，有关布洛陀个人的叙事呈现出碎片化的状态，分别讲述了布洛陀的性格与身体特征、特异神力、生活习惯及亲属关系等。但是这些碎片化的内容彼此呼应，构建了一个有血有肉、饱满生动的布洛陀形象。

总之，珠江流域先民把集体的聪明才智、经验总结都附集到布洛陀身上，使这一光辉灿烂的形象被赋予了多重性质。在先民的不断加工和美化下，布洛陀逐渐从凝聚群体知识和经验的首领和祖先，发展成为独一无二的创世始祖神。他表达了壮侗语民族先民对于自身早期社会实践的肯定和自豪之情，是他们历史文化的形象代表和智慧凝聚。

史诗再现了先民与自然的多种关系。

珠江流域先民通过身体力行掌握了一定的自然资源，种

植了水稻等农作物，驯化了不少野生动物，因而在史诗中出现了寻水、造火、赎谷魂、赎牛魂、赎鸡魂、赎鸭魂、赎鹅魂、赎鱼魂等内容，描绘了珠江流域先民怎样学会寻找水源、生火、种植稻谷、驯化各种野生动物等，叙述了珠江流域先民在探索掌握这些自然资源过程中遇到的难题和灾害，并最终实现“物为我用”。

史诗对自然现象进行了隐喻与形象塑造。

史诗中出现的某些自然现象和自然物，与珠江流域先民的生产生活有着密切的关联，但当时的人类还没有足够的力量完全掌握它们的运行规律，还无法征服它们，反而受制于它们，依赖它们，这就使人们对这样的自然力量怀着诚惶诚恐的心理，并产生了对这些物质的假想、对神灵的崇拜和敬畏。如雷神即是珠江流域先民在稻作农业生产中受制于雷雨现象而促成的一个神祇形象。史诗里，雷神是布洛陀和图额的兄弟，主管天界，负责人间雨水事宜。

史诗还表达了人与自然和谐相处的诸多可能。

珠江流域先民通过各种生活实践认识到，人类和许多自然物是可以和平共处的，彼此之间只要互不侵犯，就不会给自己带来大的麻烦和伤害。因而，对于这一类自然物，史诗以禁忌、不祥之兆等形式告诫珠江流域先民，只要远离这些事物和现象，就不会受到伤害。如蛇入室、猿进门、虎拦路、蛇交媾等。如果出现诸如此类的不祥征兆，就要通过禳解仪式来恢复人类与自然界之间的和谐。

珠江流域先民通过史诗表达和描述其征服、改造大自然的愿望和行动，是自我意识觉醒的开端。他们在实践中总结人类自身与大自然的关系，概括出一定的行动规律。他们初步把自身与大自然区分开来，从物我混同的状态中意识到自我的存在。但受制于早期人类思维特点及能力，他们依据自然关系和现象塑造出符合自然品性的一些形象，并赋予他们神的品格，以期能够通过对这些神祇的祭祀等活动来达成某些愿望和目的。时至今日，人们虽已摆脱了一些自然条件的束缚，但由自然现象塑造而出的艺术形象却在民间生根发芽、代代流传。

史诗映射了人类社会的各种力量和多方关系。

早在氏族社会时期，珠江流域先民就已形成一定的社会生活网，每一个人都具有相对稳定的地位和人际关系。这种关系反映在史诗中，形成了对应的形象系统和社会组织体系，附上了社会性质的象征和隐喻。基于史诗本身的神圣性，它所叙述的社会制度、原则、惯例等都会对规范整个氏族的社会关系、维系各种习惯法、树立社会的价值观和道德观等起到重要作用。珠江流域先民不自觉地遵循艺术来源于生活的原则，在图腾崇拜、祖先崇拜等观念的作用下孕育出布洛陀的形象。这一形象是氏族社会里智慧长者的化身，是社会中最有威望、最有人生经验、得到众人推举、具有神奇力量的首领和巫师的综合体。

除了映射氏族中的重要人物，史诗还生动隐喻了围绕氏族首领而展开的各种社会关系。布洛陀开辟了世界，造出了万物，安排了世界的秩序，随时以和蔼可亲的面目替人们排

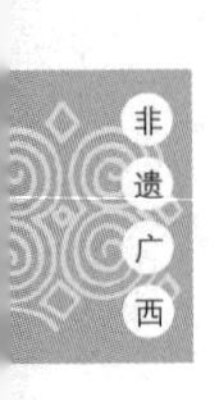

忧解难。他作为父系氏族部落首领的形象代言人，凝聚了珠江流域先民整体的向心力，成为社会成员的精神依托。

布洛陀带领众神造天地，反映了早期社会单纯的劳作关系。他派盘古王造天地，派老君制阴阳，派天王氏修天，派地王氏造花草树木，派水神图额造码头造河沟，让九头龙造泉水，派大水牛造田垌，派四脚王造人，派九头仙姑造猪，派四手王造屋，派九头鸟造果等。大家共同劳动，集体生存，各司其职，相互协作。可见，早期社会还没有出现明显的阶级分化，珠江流域先民以优秀的人物为核心，以集体劳作为共同生存的基本方式。又如社会基本单位——家庭里的各种关系，包括父子、婆媳、母女、兄弟、姐妹、夫妻、妯娌等，在各种史诗手抄本中多有体现。

随着生产力的进步，史诗还反映了社会制度礼仪的变革和人际关系的变化。例如，史诗中的人物童灵以牛肉代替母肉分给大伙，改变了古时候集体分食死人的习俗，隐含了丧葬礼仪的初立。这一描述与今天“杀牛祭祖宗”的祭仪也有着一定关系。史诗中描绘父母嫁女的情形，反映出早期社会由母系氏族阶段过渡到父系氏族阶段时财产继承关系的变化。

史诗揭示了父系氏族社会末期部落纷争阶段人际关系的遽变。如关于三兄弟争夺黄莺印、斑鸠印、青铜钱箱、美貌女子、聪明男子的描写，是部落战争的体现。又如布洛陀、雷王、图额、老虎四兄弟比试武艺、显示本领的情节中，布洛陀靠智慧打败雷王和图额当上大哥，成了人间的主宰，这既象征着人在自然界中努力成为主宰的斗争，也隐喻着同一母部落分化出不

壮族花婆神像

同子部落，以及这些部落之间纷争的史实。

布洛陀史诗承载着珠江流域先民的文化精髓。

珠江流域先民别具一格的文化特征，包括先进的稻作文化、干栏文化、水文化、金属冶炼、木棉葛麻纺织、有肩石器和几何印纹陶、天和雷神崇拜、饰齿、不落夫家婚俗等，都在布洛陀史诗中有所映现。

各类节庆礼仪的形成在史诗中也有描述。史诗描绘人们娶妻生子后，岳父岳母、姐妹、亲戚送包布、白米、鸡鸭、背带，家人祭灶神、天宫婆、中楼婆、圣母花婆，做三朝酒、满月酒等，且各种人生礼仪传承至今。

如今，布洛陀文化依然在壮族人民中代代相传，备受珍视。其中，布洛陀史诗被誉为壮族社会的“百科全书”，其活态演述是精华。此外还有与布洛陀史诗相依相存的神话传说等。它们的存在依托于仪式、典籍、节庆等特殊场景，有庞大的传承人队伍，并形成了特殊的地方文化特色，相关内容将在下文着重介绍。

壮族布洛陀文化传统的复兴

随着社会各界对非物质文化遗产的日益关注，布洛陀文化的当代传承迎来了新的机遇。在如今的壮族分布区，有关布洛陀的信仰依然兴盛。2006 年 5 月，田阳申报的“布洛陀”入选第一批国家级非物质文化遗产名录。

百色市田阳区是一座历史悠久的布洛陀文化之城。她坐落在右江河畔的山谷之间，东临田东县，南临德保县，西与右江区毗邻，北与河池市巴马瑶族自治县接壤，总面积 2394 平方千米，常住人口为 30 余万人，以壮族为主。她是右江河谷著名的农业基地，盛产各类热带水果，是杧果之乡。明代，她是田州土府治所驻地，是壮族著名抗倭英雄瓦氏夫人主政之地。在这样优越的政治、经济与文化条件的孕育之下，田阳成为布洛陀文化传承积淀的重要地标。这里能演述布洛陀史诗的民间传承人数量众多，至今发现的史诗手抄本丰富，还延续着各类与布洛陀文化有关的活态仪式。

敢壮山是壮族人民纪念布洛陀的重要地点，被视为布洛陀和姆洛甲的居所，它位于田阳区百育镇六联村那贯屯，山上曾建有祖公祠等，内置布洛陀、姆洛甲等神像。如今，山脚下重建了辉煌的建筑，并把布洛陀、姆洛甲等神像放置其

布洛陀文化遗址

中，以供人们瞻仰、追思。布洛陀慈眉善目，胡须飘飘，身着壮族传统服饰。姆洛甲着花冠，面带微笑。据研究，敢壮山上祭祀布洛陀的盛会是目前已知规模最大、最隆重、人数最多、内容最丰富、历时最长的壮族传统活动。近年来，在政府和民间有识之士的组织下，依托于祭祀布洛陀活动而开展的文化旅游节亦有声有色，吸引了来自国内外的游客。

每年农历二月十九被视为布洛陀和姆洛甲的降生日。从这天到农历三月初七，壮族人民都聚集到敢壮山来祭祀布洛陀。参加活动的各民族群众可达数十万人，彰显出布洛陀信仰的强大力量。各地壮族民众纷纷来敢壮山朝拜、对歌。大家沿着上山、下山的道路插上祭拜的香火，这一“火龙”蜿蜒盘旋，蔚为壮观，形成了“万把香火敬祖公”的震撼视觉

布洛陀祭祀活动中长龙般的队伍

效果。秋天收获之后，周边的壮族民众也会前来祭祀布洛陀，感激布洛陀让大家丰衣足食。

敢壮山庆典的仪式程序复杂而有序。纪念活动开始，当地壮族民众先把布洛陀和姆洛甲请来入座，并烧香供奉。到了农历三月初七那天，史诗传承人主持祭祀仪式，燃香演诵经诗，恭请布洛陀等诸始祖与神祇降临，与大家同乐。届时，田阳方圆数十里各村屯的民众都来祭祀。仪式活动中，史诗传承人会按惯例让各地民众依次献上供品。大家唱着与自己村屯祭品有关的祭祀歌谣，表达对布洛陀创世造物的追溯与感激、爱戴之情。祭词结合了布洛陀在田阳不同地区造物的神话。如那贯屯上祭品时，唱词是这样的：

从前祖公创那贯，祖公祖婆先造村。
今天来朝拜祖公，拿猪羊来祭祖公。
子孙真心敬祖公，有心敬给祖公吃。
敬酒敬茶给祖公，礼轻祖公莫见怪。
请祖公快接去吃，请祖公祖婆来吃。

扫码听音频

有的妇女组队前来祭祀布洛陀，会唱起《十拜歌》：“一拜雷神管苍天，二拜布洛陀管人间。三拜水神管海河，四拜北极神星星亮。五拜管山土地公，六拜光寅神在坡坎下。七拜灶神在梯脚，八拜守城大将军。九拜门神保安宁，十拜天地给我成好人。……三月初八到这里相见，来敢壮山步步都要走对。布洛陀造天地，定天下造土地做得顺利。样样是祖公祖婆创造。……”

在敢壮山山脚下、坡地上，祭拜过始祖之后，随处可见兴致勃勃对歌的群众，这是壮族地区规模盛大的歌圩。

在纪念布洛陀活动期间，人们还会举办各类丰富的活动。这其中有歌圩对歌、劳动技能比赛和体育竞技等，使纪念活动的内容更为多元，向布洛陀展示了子孙后代生活的多姿多彩和生机勃勃。与此同时，在山脚下形成了熙熙攘攘的集贸市场，让壮族传统美食与艺术品、各地的特色产品，甚至是农具机械等，都在集贸市场上找到了去处。近年，在活动现场上出现的“狮王争霸赛”，既向民众展示了田阳非物质文化遗产“狮舞”的魅力，又促进了中国舞狮传统与东南亚诸国

敢壮山山脚的歌圩盛况

舞狮文化的交流。

敢壮山成为布洛陀文化传承的中心，是当地布洛陀信仰发展的结果。当地流传的各种布洛陀神话传说就是重要的证明。

田阳的神话《祖公和母娘》讲述了布洛陀是如何来到敢壮山的。据说，很久很久以前的一个夜晚，一道亮光从敢壮山闪现，瞬间照亮了天空，照亮了右江盆地，照亮了壮乡。那天夜里，一个婴儿在敢壮山降生，那个婴儿就是布洛陀。相传布洛陀是骆越神主的种子，长大后智慧超群，力气过人，德高望重，成为壮民族的始祖。敢壮山附近有一位美丽出众的姑娘，据说是仙女授意所生。一天，姑娘来到敢壮山脚下，看到布洛陀率众开泉引水，为民造福，感动得流出眼泪，泪珠落到泉里即化为一股股清清的泉水。布洛陀望着泉水，忽见泉里倒映着一位美若天仙的姑娘，便欲跳下去救起姑娘，但刚要跃身，却发现那姑娘就站在自己身旁。布洛陀喜出望外，情不自禁地紧紧握住姑娘的手，姑娘也含情脉脉地看着布洛陀，两人一见钟情。不久，布洛陀和姑娘便成为一对恩爱夫妻，成为壮民族尊敬的祖公和母娘。

祖公和母娘在敢壮山共同生活，生儿育女。但是，布洛陀是一个很有抱负的人，他不甘心只是守着妻子和儿女，他要走出敢壮山，去为壮族人民做事，去开创壮民族的天地。因此，布洛陀就告别妻子儿女，带领着一帮弟子，走出敢壮山，踏遍壮乡的每个角落，去教壮族人取火、打猎、织布、耕田种地、饲养牲畜家禽、建桥造船等。据说，布洛陀每年在敢壮山歌圩前会回来和母娘团聚一次，歌圩散后又离开敢壮山，继续到壮乡各地去为同胞做事。母娘年年岁岁、日日夜夜地守候在敢壮山，承担着养儿育女的重任。祖公和母娘的子女长大后，也走出敢壮山，到壮乡各地去安家落户，与当地人通婚，繁衍子孙后代。当地民众传说，田阳的狮舞传统是布洛陀发明的。住在田阳敢壮山的壮族始祖布洛陀看到人们受老虎、豹子等野兽侵害，就教人们制作了狮子道具。

布洛陀祭祀大典上的舞狮表演

夜里，他让人们在敢壮山附近燃起篝火，叫几个彪形大汉披上狮子道具，边舞边喊，吓跑了野兽。于是，舞狮的习俗就在田阳一带传开了。

田阳壮族民众把村寨的名称与布洛陀、姆洛甲都联系在了一起，形成了一系列风物传说，这都是缅怀始祖的表现。《母娘岩与敢壮山歌圩》讲述的是布洛陀与姆洛甲在敢壮山繁衍子孙后代，孩子们长大以后，布洛陀打造的天地越来越宽，物种也越来越多，于是，他把孩子们由近至远，分派到新天地的各个山头建家立业，繁衍后代。布洛陀将最早走下敢壮山的孩子安排在山脚下的那片田垌“贯淋种那”“造曼”（壮语“贯淋”汉译为“戽水”，“种那”汉译为“种田”，“造曼”汉译为造村屯）。因为要戽水才能种田，布洛陀给这个敢壮山下最早的村子取名叫“那贯”。

布洛陀的其他子孙到各地繁衍生息。他将孩子们、孙子们先后送到了那了、那宁（养小狗）、那拿（做小孩背带）、那笔（养鸭）、唐布（织布村）、那务（养猪）、那骂（养狗）、那花、塘鹅（养鹅）、那咩（养羊）、那怀（养牛）、那割（青蛙）、那厚（稻米）、那菜、那豆、那楼、那鸡等，让他们自建村屯，生儿育女，创造万物。

孩子们远去了，但是总忘不了养育他们的母娘岩。于是，在每年的农历二月十九布洛陀生日这一天，布洛陀与姆洛甲的孩子们便携带着自己的孩子、孙子，不约而同地从四面八方回来，给祖公布洛陀和母娘姆洛甲拜寿。由于子子孙孙太多，路途近的先来，能进母娘岩给布洛陀、姆洛甲拜寿；路远后到的子孙则从洞口挤到山脚排成长队等候。

时间一长，在山脚等候的人们待不住了，由于拜寿心切，他们纷纷就地引火烧香，香火一直从山脚插到母娘岩洞口，形成了一条香火长龙。等到拜寿结束时，已经到了农历三月初七、初八了。这时，子孙们看到自己的老祖宗虽然子孙无数，但还是那样健康长寿，于是个个兴高采烈、欢欣雀跃。

敢壮山上洛陀峒的来源和壮族过蚂蚜节的习俗有关。传说，布洛陀的大儿子在敢壮山的西部开辟了一片田地，那个地方就叫作峒洛陀。那片田地在秋收的时节，庄稼都被蝗虫给吃了。布洛陀的大儿子就跑到敢壮山请教布洛陀该怎么办。布洛陀把所有的蝗虫都抓回来关到敢壮山的洞里，所以至今山上还有一个洞叫蝗虫洞。

布洛陀又叫天上的雷王派遣青蛙（壮族人称它为蚂蚜）下凡守护田间地头，害虫来了它就吃掉害虫。如果遇到干旱，它就鸣叫，呼唤天上下雨，后来这只青蛙被蛇咬死了。布洛陀的大儿子见状，就跑到敢壮山向布洛陀哭诉，布洛陀把青蛙的遗体装在盒子里，放进轿子里绕着村庄行走，足足转了一个月以示纪念。布洛陀告诫人们要依照传统纪念青蛙，这就是蚂蚜节的由来。

田阳还流传着布洛陀女儿的传说。头塘、二塘一带的壮族民众说，布洛陀在这边造好田地以后，叫他的大女儿来这边耕种并建造村庄，所以那个村庄叫那吼。大女儿去世之后，当地人为了纪念她，称她为娅王。娅王最开始耕种水稻的那

壮族蛙婆神像

个村庄如今还叫那吼，那里还有一个庙叫娅王庙，供人们上香祭拜。

故此，田阳是名副其实的布洛陀文化传承要地，是我们了解、探索和研究布洛陀史诗的重镇。

布洛陀史诗的核心叙事

创　世

布洛陀史诗内容博大精深，璀璨丰富。它的核心内容主要包括以布洛陀为主导的创世、造万物、制文化、定秩序四大方面，叙述了早期人类观念中宇宙产生、万物起源、人类来源的图景。壮族人民发挥他们瑰丽的想象，赋予史诗曲折的情节、梦幻的意境，再现了浓厚的早期人类思维特征。布洛陀史诗蕴藏着早期人类的世界观与人生观，带有朴素的唯物主义色彩。

云雾缭绕的喀斯特地貌山区

布洛陀史诗创世部分描绘了布洛陀如何带领众“神”开辟天地、创造山川河流、制造适合人类居住的环境。这是壮族人民对世界的具有唯物主义色彩的想象认知，是他们宇宙观与世界观的起点，向我们展示了他们想象中的世界产生和形成的过程。

布洛陀创世之前世界一片混沌。广西河池市巴马瑶族自治县的史诗抄本里记载，古时候天地一片混沌：

扫码听音频

天未制什么，地未造什么。
天未造樟树，地未造榕树。
大门无光亮，王城未立柱。
金银宝未造，天角未撑开。
众人未识数，古时未造天。

史诗通过阐明世界曾经处于“混沌”或“无”的状态，引出天地起源的内容。

壮族人民眼中的混沌世界，与自然环境有着密切的关系。尤其是喀斯特地貌地区的清晨，处处云雾缭绕，水汽蒸腾，隐藏了世间的一切，让人捉摸不透，望而生畏。“石生天地”的观念体现了壮族先民自我意识的觉醒，开始对客观世界进行探索。壮族先民开始按自己理解的方式去阐释自己的生存环境。

在世界处于“混沌”或者“无”的状态中，天地犹如一块大磐石般出现，并发生了分裂。布洛陀把天地分开，为人类赢得生存空间。史诗抄本记载：

天和地相罩，相罩似磐石。
似块大磐石，似块高磐石。
石头会翻滚，前人会变化。
石头变两块，石头分两边。
一片升往上，造成天装雷。
一片降往下，变成地装人。

但天地的分离并不彻底，天和地挨得很近，不适合人类的生存。

生活在山间、岩洞的壮族人民，出门见山，磐石突兀，天与地连接于一线，大片的喀斯特地貌岩石具有坚不可摧、百年不朽的特质，让壮族人民产生了敬畏之心。他们以地观天，把高高在上、无法触摸的天空也想象成石头制成的，认为天和地的原初形态就是没有分开的石头。而随着白昼日光灼热，云雾尽散，峥嵘的溶洞、岩石相继出现，犹如鬼斧神工刚刚造就。

史诗中讲述，由于天地未完善，二者相隔太近，影响了人类的活动，故而要将天顶高。布洛陀选来高大的树木做擎天柱，把天顶上去，柱顶把雷公弹到高高的天上，柱脚把龙王压得往地下跑。布洛陀再一顶，把重重的天变成轻轻的十二堆云，把龙王压得钻到海底去了。新的天地就这样造成了。史诗通过描绘作为巨人的布洛陀与高耸的山、坚韧的树干等意象，叠加了顶高天的多重内涵，并增强了顶天的可行性。天和地对应分离，体现出一种平衡和天、地、人“三界”并行的世界观。

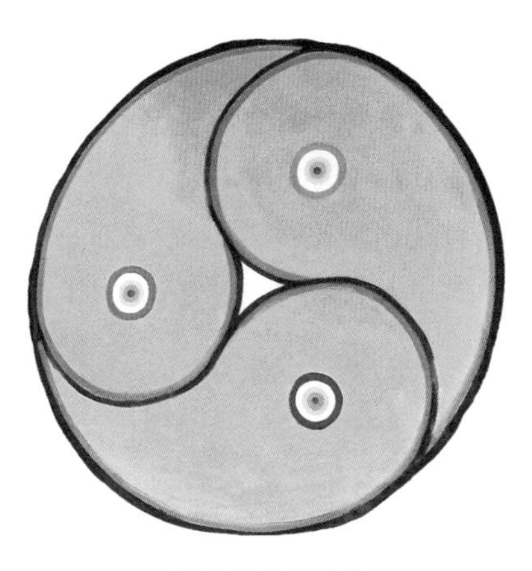

壮族天地水三元图

布洛陀指挥众神造出适合人类居住的环境。史诗记载，因为布洛陀先造天，后造地，天的样子像把伞，盖不住大地。于是，布洛陀想了个巧办法，他用手指把地皮抓起来，做成了很多山坡，这样，地面就缩小了，天盖得住地了，天地就被造得很好了。

布洛陀让天王氏修天，派地王氏造花草树木，派水神图额造码头造河沟，派九头龙造泉水，派感路王造道路，派大水牛造田垌，派九头鸟造果等。如史诗中说："雷鸣响天上，鳄赶河海水……雨落到下方，九头鳄造河沟，九头龙造河，抬头造得坡连坡，伸颈造成山连山，甩尾造成溪，用脚刨成河，造成天下宽，造成田峒广……"

河池市东兰县的史诗则说布洛陀和姆洛甲合作创造了世界："布洛陀擎起天，姆洛甲压平地；布洛陀造太阳，姆洛甲造月亮；布洛陀造森林，姆洛甲造田地；布洛陀去开河，姆洛甲去开泉……"

布洛陀史诗的创世篇章是对壮族先民生产生活模式的映现。无论是布洛陀与众神协作创世，还是布洛陀和姆洛甲共同创世，都是大家共同劳动、集体生存、各司其职、相互协作的结果，目标是创造一个适合人类生存的环境。这是壮族人民在氏族社会分工合作、互相助力生产生活的再现。

造万物

布洛陀史诗的造万物部分讲述了天地间万物产生的过程。史诗中的万物主要指的是人类还有和壮族人民生产生活关系较为密切的动植物及水火等物质。布洛陀为人类的生存制造了五谷六畜，让他们得以饱腹、抵御严寒，并借助动物的力量过上更优质的生活。造万物的顺序并不是固定的，在不同的史诗篇章中有不同的说法。

人类，是布洛陀和姆洛甲的子孙。史诗里说布洛陀和姆洛甲造出了万物之后生育了人类："布洛陀去种桄榔树，姆洛甲去种芭蕉林；布洛陀去找糯谷种，姆洛甲去找黏谷种；布洛陀造出三脚凳，姆洛甲织出百草衣。样样事办完，两人才婚配。就像藤相交，恩爱永不离。生我后代人，代代长生息。"

故此，布洛陀和姆洛甲婚配生人，他们被视为壮族人民的血缘祖先。

另一个关于造人的史诗篇章则说布洛陀从天上把人类放到了世间。据说，布洛陀从天上飞下来做世界的主宰者，做出了一枚印章来传令。他第一放下鸡，第二放下狗，第三放下猪，第四放下羊，第五放下牛，第六放下马，第七放下人。这个史诗篇章中，布洛陀虽然不直接生人，但没有布洛陀就

布洛陀、姆洛甲天然石像（位于广西百色市田阳区）

没有人类，故壮族人民同样视他为祖先。

这时候的人，还没有长得很完全，头颅还未长出来，肌肉也没有，用来呼吸的喉管也没有，没有鳃腺和下巴，没有手脚也没有乳房。“要走就撞树，要动就打滚。”布洛陀在天上看见了，就传令下来，派四脚王来地上把人造齐全了。

四脚王用坡上的茅草来烧制人的手和脚，用泥巴来做人的头和颈。他往男人的嘴边放上胡须，给女人的胸前放上隆起的乳房，这才做成了齐全的人。他造出的人有年轻人也有老人，有大人也有小孩。从此，地上有了人烟，到处都有人生活。

人类虽然吃同一种米粮，却长得不一样，有的不会讲话，有的会说不会走，有的很愚蠢，有的又聪明过头。天下人分为三等，各不相同。那时候的人间没有定下各种伦理道德，人们做事情没有礼仪规矩，常出现父子相残、兄弟相杀等违反常理、孝道的事情。

布洛陀在上方看见后，便用印章传令，派四脸王下来。四脸王造出十二个月亮和十二个太阳，造成连年干旱，百姓只剩下一半的人。四脸王造水淹天，造雨漫云层，只有伏羲兄妹活下来。两兄妹结为夫妻后繁衍人类，妹妹怀孕九个月

壮族盘古庙里供奉的伏羲兄妹

后生下一个磨刀石一样的儿子。

布洛陀教导兄妹俩杀水牛敬父母、祭祖宗，儿子这才长成了人形。不料，儿子变成了头人官吏，变成了成百上千的人，人人都有自己的姓名，人人也都保持着杀水牛敬奉父母、祭祖宗的礼仪。从此，天下的人类才繁盛起来。

人类需要火来取暖。没有火之前，人类只能吃生冷的食物来维持生存。史诗里说："前世未造火，前世未制火。吃生肉如同乌鸦，吃鱼生像水獭。吃谷子像猴子，吃血肉像老虎。"

火的使用使得人与猿类分化，这标志着人类旧石器时代的开端。人类对火的掌控是社会前进与自我发展的一个重要因素。火不但让人们告别了生食的阶段，有了持续的光源与取暖源，能够抵御野兽的攻击，它更是一种生产力。

人们祈问布洛陀、姆洛甲如何造火。两位始祖指点他们：

你割木为节，你砍木为段。
两人来拖拉，两人放艾花。
木块放下面，木块放上方。
木被来回搓，木被往复擦。
第一火星出，萤火虫拿去。
第二火星出，草蜈蚣拿走。
上升变雷火，下降变额火。
第三火星出，溅飞到膝盖。

扫码听音频

拿艾花来捂，拿火把来吹。

造火成火焰，制火变火球。

对火的利用使壮族人民的生活发生了质的变化。他们的日常饮食、照明、取暖等基本生活需求离不开火，生产中也曾使用火来烧尽荒草，并以此给作物施肥。此外，人们制造各种生活生产用品也离不开火，如冶炼金属制作铜鼓和兵器、烧制陶器等。火在文明社会中扮演了重要的角色。

造火之后，布洛陀告诫先民要谨慎地对待火。要用七根木为“公”、九根木为“母”，围在火种四周，置于家中，再舂泥安好火塘架，供奉灶神，这样就能烤鱼煮肉，家庭就会兴旺似火。火虽然给人们带来诸多好处，但也带来各种潜在的危险，用火不慎，就会酿成大灾小祸。壮族人民对火既存在崇敬、依赖的感觉，也伴随有忧虑、恐惧等心理阴影。人们掌握了生火

布洛陀造火浮雕（位于广西百色市田阳区敢壮山）

的方法之后，在早期思维模式的作用下抽象出灶神的概念，并在历史发展中形成了丰富的灶神崇拜文化。布洛陀史诗既是历史经验的总结和信仰的映现，也是知识的传递和对用火良好习惯的培养。

布洛陀教大家如何寻找水源、如何造水。史诗里说，从前天很低，媳妇舂米杵杆碰着天，阿公劈柴斧头碰着云，吓得云逃往远处。于是，天下遭遇三年大旱，田峒里连野菜也不长，三年槽臼无米舂。“鲭鱼死在水车沟，青竹鱼死在溪里。媳妇到河边也死，婆婆渴死在家中。”王感到不对劲，祈问于布洛陀。经过布洛陀的指点，众人在三江口汇合处找到一棵大野芋，人们认为野芋既然能存活，此地下应该有水，于是挖下七丈深的井，终于见水冒出，灌溉河道，人们才得以开始正常的生活。

壮族人民自古依水而居，传统文化多带有亲水的倾向。在迈入农业社会之前，他们以采集、渔猎为生，自然而然地对水产生了各种丰富的情感，其中既有对水滋养万物的感激，对水满足人类饮用、洗濯等诸多需求的亲切感，也有对水中凶猛动物和各种水灾的恐惧。进入农业社会以后，水与稻作种植生活的关系更直接了，水是水稻的命根。因此，在多种因素的综合作用下，他们对水的崇拜与依赖在布洛陀史诗中展现得淋漓尽致。

史诗中的水神图额就是水崇拜的形象凝结。他的形象以水中的鳄为主体，兼有犀牛、河马、美男子等多种变化。图额掌管着天、地、水三界中的水界，后来与汉文化中的“龙”

水神图额图腾石雕（位于广西百色市田阳区敢壮山）

形象有合并的趋势。

壮族人民把造谷种的功劳也归到布洛陀身上。史诗里说，人们三月犁地，四月播种，五月插秧，八月水稻成熟。可是种出的谷粒像柚子一般大，谷穗像马尾一般长，“禾剪割不了，扁担挑不动。三人吃一粒，七人吃一穗”，种出的稻谷不能拿去给天底下的百姓食用。一场大雨引发洪灾，洪水滔天，淹没了天下所有的平地，只有郎老、敖山等大山未被淹没，天

下所有的稻谷都堆积到这些地方。

九十天后洪水消退，布洛陀又教人们如何取回谷种。由于谷种留在郎老、敖山等大山高处，用船和竹筏都运不回来，饿死很多人。“地上有民众，下方有百姓。有人没有米，吃坡草做餐，吃牛草当饭。吃坡草粗糙，吃茅草也倦。孩子吃了长不大，孤儿吃了不白净，姑娘吃了脸菜色。”于是，人类让鸟和老鼠去运回稻谷。谁知鸟和老鼠虽然取到稻谷，却只顾自己享用，躲到深山老林里不再出来。于是布洛陀教人们编笼结网捕鸟鼠，捕到后就撬开它们的嘴巴取出谷种来种。

成熟的谷粒像柚子一样大，布洛陀又教大家如何收获，人间才有了各种各样的谷种。史诗唱道：

用木槌来捶，用舂杵来擂。
谷粒散得远，谷粒纷纷飞。
拿去田中播，拿去田垌撒。
一粒落坡边，长成芒芭谷。
一粒落园子，长成了粳谷。
一粒落寨脚，长成了玉米。
一粒落墙角，长成了稗谷。
一粒落畲地，长成了小米。
一粒落田垌，长成了籼稻。
长成红糯谷，长成大糯谷。
长成黑糯谷。

扫码听音频

之后，布洛陀还指导人们如何把谷魂收回。当时谷种种下去之后，禾蔸不抽穗，或抽穗不结粒。布洛陀指点人们把还未跟随谷种回归的谷魂召回，从此稻谷丰收，天下繁荣兴旺。水稻是壮族人民重要的粮食作物，是他们赖以生存的宝贵资源，因此他们在“万物有灵”的基础上抽象出了谷魂的概念，认为稻种从发芽成苗、抽穗扬花到结实成谷，是“谷魂”生长、还原的一个过程，这一阶段关乎生计大事，需要谨慎对待。

壮族人民尊敬谷魂，从播种、插秧、护苗到收割、稻谷入仓的辛勤历程，都要举行不同的仪式对它进行祭拜。在谷物收割之后的仪式上，传承人吟诵布洛陀史诗，讲述人们如何获得谷种、如何遵照布洛陀的指示召回谷魂，起到了教育民众爱惜谷物、珍惜粮食的作用。

布洛陀造出牛来帮助人们从事稻作生产劳动。史诗里说，

布洛陀造水稻浮雕（位于广西百色市田阳区敢壮山）

布洛陀看到人们没有牛犁田，只得靠人拉。单靠人力，地犁得不好，田也耙不平，大家累得死去活来，布洛陀心里十分难过。

布洛陀在池塘边造牛。他用黄泥捏了一头黄牛，又到河边用黑泥糊了一头水牛。黄牛身和水牛身糊成了，布洛陀又“用杨乌木做大腿，用酸枣果做乳头。用紫檀木做牛骨，用野蕉叶做牛肠。用鹅卵石做牛肝，用红泥来做牛肉。用马蜂巢做牛肚，用鹅卵石做牛蹄。用刀尖来做牛角，用枫树叶做牛舌。用树叶来做牛耳，用苏木来做牛血”。各个部分都安装好以后，布洛陀拿稻草把泥牛们盖起来。

后来，泥牛真的长成活牛了。牛的眼睛会转了，牛的嘴巴会动了，牛角又开了，牛尾巴翘起来了。布洛陀便让大家去把牛牵回来。众人带上了麻绳，来到嫩草地牵牛，可是黄

水牛劳作图

牛怎么也牵不来，水牛怎么也拉不动。

人们去请教布洛陀。布洛陀又教大家用绳子穿牛鼻，把牛拉回家。大家按照布洛陀说的，拿绳子去牵牛，牛“哒哒”跟着人走了。人们把牛牵到嫩草地和田垌里，牛“刷刷刷”地吃起草来了，吃得非常欢快。太阳快要下山的时候，人们把牛牵回来，拴在屋前木桩上。从此，牛慢慢地繁殖起来了。

有了牛，人们再也不用肩膀去拉犁，于是就开了很多田地，种了很多谷米，养活更多的孩子。黄牛和水牛越生越多，多得像虾米一样，牛栏都住满了。

牛太多了，它们跑到田地里找吃的，毁坏了农田。大王生气地砍杀了很多牛，牛魂逃散，牛群得了瘟病。布洛陀给牛治病，叫人们把牛的魂赎回来，于是牛又可以继续耕地了。

历史上，壮族人民驯化耕牛，提高了农业劳动的效率，

加快了水稻生产劳作的进度。牛耕逐渐代替人耕，使部分劳动力从解决温饱的基本生产中解脱出来，向手工艺等其他生活领域转移，促进了早期社会文化的全面发展。人们对牛的感激之情在布洛陀史诗中得到了充分展现。

万物的起源与壮族人民对早期生活的记忆密切相关。布洛陀创造的各类动植物，都是人类步入文明社会过程中提高生活水平、实现生产力发展的重要助手，故而在史诗中多有涉及。布洛陀史诗中除了叙述人、火、水、稻谷与牛的起源之外，还有关于鸡、鸭、鹅、鱼等家禽家畜起源的内容。随着生活条件的改善，壮族人民得以安居乐业。

史诗中关于造万物的叙述是壮族人民对物质世界积极探索的再现。随着生产力水平的提高，壮族人民逐渐掌握自然资源。布洛陀史诗阐释这些客观物体的神圣起源与特殊意义，描绘这些“物”何以来到人间，何以为人们服务，还不厌其烦地告诫人们应该以怎样的礼节和方式去对待这些来之不易的“物”，起到了规范民众行为、合理调节人与自然关系的重要作用。

制文化

布洛陀为壮族社会的发展创制了各种各样的文化。这些文化包括了文字和历书、史诗演述仪式及世间的管理者等。布洛陀史诗中关于“制文化”的叙述侧重于再现壮族人民在精神世界的创造和经验总结，与“造万物”的内容相对应，体现了精神世界与物质世界的相生共存。

布洛陀创造了人们所使用的文字和历书。有的史诗篇章中说，布洛陀造出了黑色的根源书、做干栏用的书以及经书等，“起粮仓与建干栏，也是您的书中提。如何安葬选坟地，也是您的书中提。架桥拦水坝的事，也是您的书中提”。布洛陀创制的经书有的字小如苍蝇，有的字大如篱笆。

史诗中还有更为奇幻的内容，说文字是虫子爬出来的。据说，未有文字历书时，人们做事不知道择吉避凶，造成灾难。甚至种田时都遭虫害，螟虫吃掉敢卡王（名字为“敢卡”）地里的庄稼，吃掉皇帝田里的禾苗。敢卡王大为恼怒，于是把螟虫捉来问讯。螟虫害怕得连连求饶，并说自己能够贡献一份特殊的礼物。敢卡王便让它尝试。螟虫让人用纸把它包起来，并嘱咐过了九天再将纸团打开。

期限已到，敢卡王让人打开纸团。只见螟虫在纸上爬来

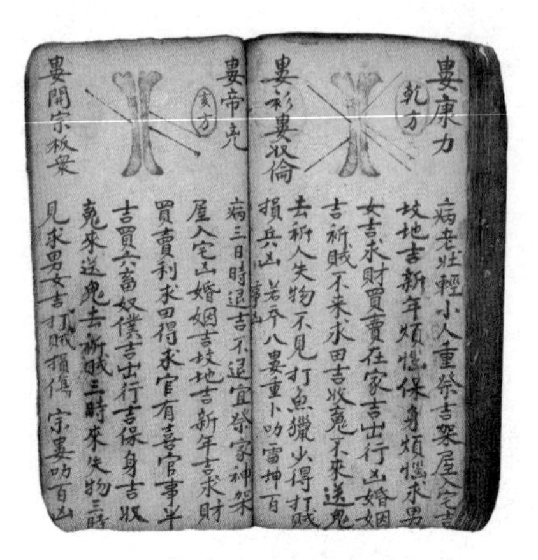

婁康力 乾方

病老壯輕小人重祭吉架屋人宅吉
坟地吉新年煩惱保身煩惱求男
女吉求財買賣在家吉出行凶婚姻
吉祈賊不来求田吉收鬼不來送鬼
去祈人失物不見打魚獵少得打賊
損兵凶 若乔八婁重卜叻雷坤百

婁彩婁叔倫

婁帝克 亥方

病三日時退吉不退宜祭家神架
屋人宅凶婚姻吉坟地吉新年吉求財
買賣利求田得求官有喜官事半
吉買六畜奴僕吉出行吉保身吉收
鬼來送鬼去祈賊三時來失物三時
見求男女吉打賊損傷 宗婁叻百凶

婁開宗板粱

麽公鸡卜经书

爬去的痕迹变成了笔画字样，形成了一行行大字、小字。敢卡王将这些画满字的纸订成本子，就成了历书，并依据它确定了年月，定出了日历。从此，敢卡王和后来的皇帝都按照历书来管理国家。他们还将历书送给百姓。人们建新房、举行婚丧嫁娶等仪式活动，都依据历书来选择相宜的日子。文字、历书便世世代代沿用下来。

文字的使用对壮族社会文明的进步有着革命性的影响。有了文字，壮族人民可以记录自身各种生产生活的经验，可以记载自己独特的文化。有了和气候变化有关的历书，壮族人民掌握了季节变化的规律，就可以按照节气的变化来从事各类农业生产活动，这是农业社会的重大准则。

史诗里说布洛陀是民间史诗演述仪式的创制者。据说，从前未有各类仪式时，人们家里常出现各种怪异的现象，引起了人们的不安。布洛陀创制出消除各种怪异现象的仪式，教人们吟诵各种在仪式上需要用到的史诗，还把孤儿培养成了仪式传承人。于是，各类仪式在壮族社会中传承下来。

每当出现引起人们恐慌的现象时，只要及时请传承人来举行相关的仪式，设置神龛和神坛祈求布洛陀和诸神保佑，吟诵布洛陀史诗，就可以消灾免祸。这些有关史诗演述的仪式传到全天下，传给那些聪明的人，传给后世人遵循，使得世界平安美满。

史诗传承人在仪式中要请布洛陀来护法。请神篇章唱道：

去接祖公来，去请祖公到。
祖公拄拐来，祖公亲降临。
祖公携布袋，祖公带经书。
请祖公进门，邀祖公入座。

请布洛陀亲临祭坛，指点布麽化解灾祸，帮助主家求福禳灾。人们相信布洛陀会把鬼妖赶出田垌，把殃怪送回凉州。

仪式在壮族传统社会中具有重要的地位。在现代科学出现之前，民间的各类信仰及其仪式是人们维系日常生活和社会运行的一种方式和有效手段。在壮族人民的世界中，仪式主持人、史诗传承人对维系民众精神世界的安宁有序、信仰与道德的规范起到了无法估量的作用。各种仪式的出现，是当时社会文明秩序的一种象征。布洛陀史诗对仪式文化创造的叙述，是对壮族人民早期精神世界的再现。

史诗把各地管理者的出现也说成是布洛陀的创造。远古时候，“天下无首领无官，天下会混乱散乱。不成天下和地方，没有土司和首领。没有土司来做主，没有首领管天下。”于是，布洛陀造出了各地的管理者，包括皇帝、土司、长老等，还造出了官府，造出了州县，人们在自己的地方上安居乐业。出现各种问题，则由管理者来主持大局，由史诗传承人来调解。

史诗反映了壮族社会制度的变迁。其中提及的皇帝、王、土司、土官等，是壮族历史上所经历的不同社会政治体制的叠加反映。壮族先民所建立的古国，最早有历史文献记载的是苍梧古国，还有在桂西南一带的骆越古国。此后，壮族又经历了羁縻、土司等因地制宜的社会管理制度，都在布洛陀史诗中留下痕迹。

史诗篇章“汉王与祖王”讲述了汉王、祖王两兄弟的争斗。汉王和祖王是同父异母的两兄弟。两人分家时，祖王抢走好塘好田，剩下的才给汉王；祖王抢去大水牛，小水牛分给汉王。汉王造出了池塘，祖王抢占来放鱼；汉王造出了田地，祖王抢占来种稻。

祖王的种种恶行造成两兄弟争吵不休。祖王还要处处加害汉王。雷王在天上看见后，放下十级楼梯，让汉王登梯上天，跟雷王管天上。汉王和祖王以法术相斗。汉王让天大旱三年，四年不下雨，但祖王有泉水灌田。汉王派野猪和熊来掘水车、咬禾苗，祖王养猎狗咬死野猪和熊。汉王放老鼠来咬禾根，放尖嘴鸟来叮谷穗，祖王用竹笼铁套来捕鼠鸟。汉王放三百只蚜虫、七百只螟虫来啃禾穗，祖王用弓箭来射杀……

两人的法力不相上下。最后，汉王造出七月火辣辣的太阳。到了八月，稻谷变灰发黑。到了九月，稻谷干枯而死。汉王造出的疾病源源不断，祖王家业不兴，家人连连生病。至此，祖王才深深后悔和汉王结下如此仇恨，惹来了这么多灾祸。

于是，祖王向汉王道歉。他请乌鸦上天去喊，请鹞鹰上天去求，向兄长请罪，要将属于汉王的财产退还给他。汉王依然生气，不肯答应。后来，经过布洛陀的调解，汉王在天上做管理亡魂的神仙，祖王则在地上管理百姓。

这一史诗章节再现了壮族社会发展到奴隶制阶段的情形。各个部族之间彼此频繁攻击、相互掳掠。史诗也反映了壮族曾经历的幼子继承制与长子继承制之间的冲突和历史的选择。

史诗还认为布洛陀还是人间各类礼仪的制定者。这些礼仪囊括了婚丧嫁娶等与壮族人民息息相关的节庆与人生礼仪，伴随人们一辈子，故是重要的生活知识，需要在史诗中得到阐释。

例如，史诗“童林葬母”篇章讲述了壮族人民传统丧葬习俗的由来。史诗以此叮嘱人们要孝敬父母，在父母仙逝之后要举办相关的祭仪，以此缅怀父母的养育之恩。

据说，从前鸟死鸟吃毛，人死人吃肉。有个名叫童林的孩子去山坡放牛，见母牛生仔生不出，前滚后翻，痛苦不堪。他回家将这件事告诉母亲，母亲说水牛生仔不算痛苦，“水牛

的头是尖的，生一阵就好出。生一阵就结束，母亲生你才叫难。人的头部是圆的，翻滚三晚又四夜。”备受煎熬，你才呱呱落地。童林谨记母亲曾经受过的痛苦，平日里就上山找坚树，攀崖找硬木，砍树做成三副棺材。到了母亲去世那天，童林把母亲放入棺材并下葬。

然而，事情并没有结束。当人们得知童林的母亲去世，纷纷涌进他家。童林去请教布洛陀，布洛陀让童林用水牛肉代替母亲的肉分给众人吃。大家吃到了肉，都满意地走了，只有两个恶鬼还赖着不走。布洛陀又让童林敲打大的公铜鼓和火红的铜鼓，赶跑了两个恶鬼。

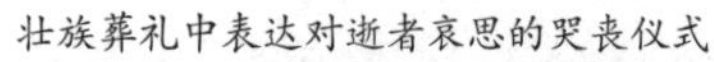
壮族葬礼中表达对逝者哀思的哭丧仪式

童林还为母亲守孝。在这期间，他不梳理头发，不敲鼓娱乐，不戴手镯耳环，不喝酒吃肉，不下地锄草，不下田耕种。直到守孝期满，童林请仪式主持人来举行脱孝仪式，烧掉孝巾孝物，才恢复正常生活，之后做事情样样都顺利。从此，天底下就有了丧葬与守孝的礼俗，传承至今。

定秩序

史诗认为布洛陀是壮族社会各类秩序的制定者。他不但创造了天地之间多姿多彩的物质世界，替人类创制了重要的文化内容，还精心定下早期人类社会的种种秩序，以平衡个人与个人、个人与集体、人与自然等之间的关系，以长者的身份维护社会和平安宁，调节各种矛盾。

史诗讲述调节父子矛盾的相关内容。父子发生矛盾时，往往请史诗传承人去吟诵相关的史诗篇章，给矛盾双方讲道理，消除双方的误会与矛盾。据说，古时候社会没有伦理，家庭中常出现违反常理、违反孝道的现象。“父催儿下田干活，儿子卷裤脚要蹬。父催儿子造干栏，儿子用蠢话骂父。”于是父子结下仇恨。儿子因此遭到天神的惩罚，使得家中人丁稀少，五谷无收，六畜不兴。儿子请教布洛陀之后，才认识到自己犯下的错误。于是，儿子按照布洛陀的指导备茶备酒，杀猪，供糯米饭，举行仪式，修正言行，向父亲认错。于是，父子重归于好，生活又恢复了正常。

史诗还教导人们如何正确处理婆媳关系。当年，人们找到水之后，媳妇拿衣筐装着衣服到河边去洗，没想到衣服被鱼儿衔入洞里。“婆婆怪媳妇偷裤，媳妇怨婆婆偷布。两人猛然来争吵，又愤然对骂开来。以前这媳妇心急，以前这媳妇力强。媳妇推婆婆下潭。”媳妇因此受到诸神惩罚，不但病魔缠身还殃及家人。后来，布洛陀指点她举行仪式，向婆婆赔罪之后，婆媳关系才得到缓和，家人也才无病无灾，万事顺意。

史诗强调，兄弟之间的团结、同心也十分宝贵。古时候，王族的三兄弟争夺黄莺鸟印、斑鸠印、青铜钱箱，争夺男女奴隶。他们互相争斗，导致家族关系破裂，出现了各种恶果。王家的这些兄弟外出捕鱼毫无所获，打猎也打不到野兽。他们意识到这是做错事遭到了惩罚。经过布洛陀指点，大王举行仪式，祭供诸神，兄弟和好，生活才又顺利起来。

史诗还告诫出嫁的女儿要孝敬父母。女孩出嫁之后，不能到了新家庭就忘记父母的养育之恩。史诗里追忆，以前有一个母亲把四女儿嫁到婆家去，喜获猪牛酒肉彩礼。从此女儿再不回头，父母生病也不来探望。父母为此怨自己的命不好。女儿知道后便回来骂父母说：“卖我得喝酒吃肉，也不曾送给嫁妆，我才与你断来往。生病没东西吃，才空手回来争家产。”上天惩罚女儿，让她常年生病，子孙不兴旺，种植无收成。布洛陀告诉她，要孝敬父母才能生活如意。于是，女儿备牲品祭供，送礼给父母求得谅解，外婆外公送背带和手镯给外孙，从此，女儿与父母和好如初，家中人丁兴旺，牲畜满栏。

史诗还强调要维系好夫妻、妯娌、姐妹等家族成员之间的关系。“兄弟错相吵，父子错相争。夫妻错相骂，妯娌错相吵。”

家族成员团结互助的氛围有利于壮族人民早期社会的安定发展，有利于以集体的力量来对抗未完全可知的大自然。史诗通过生动的事例对人类社会的伦理道德进行了规定和阐释。

史诗还提到布洛陀定下了人类与自然之间和谐共处的秩序。其中，最著名的是射日。史诗里说，日月造出来之后，又产生了新的灾难。太阳、月亮繁衍出后代，导致天上有十二个太阳同时普照大地，把大地烧焦，人类快要无法存活。于是，布洛陀让郎先制弓箭射杀太阳。郎先用苦竹树木做成箭，用别木树做成弓来射太阳：

瞄准第一次，七个成摞射。
瞄准第二次，成串中四个。
瞄准第三次，剩余全射完。
大家齐哀求，众人齐呼救。

扫码听音频

众人哀求郎先留下一个太阳晒稻谷，温暖人间。弓箭留在天上变成了彩虹，彩虹结成一百二十种彩云，造风造阳光，人才有灵魂，才懂得做官做兵。

力量微弱的壮族人民在面对大自然时，除了靠自身的智慧去掌握有限的自然规律外，就只能寄希望于布洛陀等祖先神祇，依靠他们的帮助来理顺人与自然的关系，驱除祸害人类的虫蛇猛兽和想象中的妖怪，求得生活的和美安宁。

布洛陀是壮族人民心目中带有神奇力量的热心长者。在壮族人民遇到各种无法解决的困难和灾害的时候，布洛陀以洞悉一切的长者身份伸出援助之手，指点迷津、化解危机，使生活复现宁静有序。对于弱者，他不计报酬、全心全力地助其脱离危难，改变其不幸局面。对于因有恶行而遭灾殃的人，只要诚心求助，布洛陀也以宽恕的善心，规劝其悔过自新，引导其走上正道。只要有布洛陀的指点，一切困难便迎刃而解。这虽有夸大祖先神力之嫌，却也精辟地概括了布洛陀助人为乐、为人们排除万难、扶危救困的宏大气概和精神品质。

布洛陀史诗的文化语境与内涵

从口传祭词、歌谣、神话等再到史诗

布洛陀史诗有着独特的文化语境，并形成了别具一格的文化内涵。所谓布洛陀史诗的文化语境，指的是布洛陀史诗之所以能形成今日面貌的独特的历史积淀、依托承载等内容，包括它的形成历程、典籍的运用、演述的仪式场合等。这些内容综合塑造了布洛陀史诗的当前样态，并赋予了它不同寻常的文化内涵。

布洛陀史诗从古朴的短歌发展成今日的鸿篇巨制，经历了漫长的过程。布洛陀史诗的早期雏形，是与布洛陀信仰有关的各类口传祭词。随着时代的发展，不同时代的传承人根据民族文化与现实的需要，把片段而零散的祭词、咒语、远古歌谣与神话等进行合并加工、改编和创作等，逐渐形成篇幅越来越长的仪式歌谣，最终汇成了内容包罗万象、神祇系统庞大的布洛陀史诗。

歌谣、祭词是布洛陀史诗的源头。人们劳作时以歌解乏，作歌相应，生活中以歌代言，表情达意。歌声是生活的旋律，是人生的调味品。如《广东新语》记载了壮族人从小就学习唱歌，以歌作为婚配之媒，并通过对歌来选择自己的心上人。《岭表纪蛮》中说得更明白，壮族人民用“唱歌”的方式来表

壮族男女青年对歌活动

达自己的思想感情，谈恋爱，寻找心仪的配偶。无论男女老少，都能歌擅唱。由此可推断，壮族人民必定把歌谣作为生活中异常重要的组成部分，具有深厚的民族传统文化基础，这也是壮族先民能够将口传祭词、仪式歌谣、神话等相融合，创造出布洛陀史诗这一独特的史诗艺术的重要原因之一。

早期的壮族人民认为语言有着特殊的魔力，可以让人与神灵、万物相互沟通。远古时期，人类对外在世界的认知水平有限，便试图运用语言去打动神灵，为自己祈福禳灾，后来这些语言就衍化成各种口传祭词。随着时代的发展，这些口传祭词逐步发展成为较为固定的仪式歌谣。仪式歌谣与其他的民歌不同，具有比较固定的套路，歌词有自己的结构特点。人们相信语言的神秘力量，因而对这些祈福禳灾的语言

十分敬畏，也正因如此，布洛陀史诗中依然保留着一些早期的歌词与较为固定的歌谣形式，并传承数千年。

布洛陀史诗吸收了相关神话内容。布洛陀神话讲述的也是布洛陀创世、造人、造万物、制文化等内容，但采用的是散体的形式。它讲述的时间更为自由，不受节庆、仪式等场合的束缚。布洛陀神话以口耳相传的方式保存至今，其中的布洛陀形象相较于史诗中的形象更为亲切、和蔼，强调他为民众不辞辛苦、贡献智慧的一生。神话叙事所使用的语言更为诙谐幽默，重在解释事物的特征、传播日常的知识。

布洛陀史诗汲取了神话中的部分要素，并进行了形式与内容上的调整、选择与创编。这一过程是在民族民间信仰的理念下对布洛陀神话进行取舍、加工与润色，最终使得布洛陀史诗呈现出与口耳相传的布洛陀神话的诸多不同之处。

史诗里布洛陀的形象比神话中的形象要更加庄严、神圣。史诗通过不断重复“去问布洛陀，去问姆洛甲”“布洛陀就讲，姆洛甲就说”等语句，不断强化布洛陀的权威，突出他作为“至上而下”的指导者的形象。这与神话中和蔼可亲、像邻家老爷爷的布洛陀形象差别较大。

史诗里的布洛陀具有神的全知视角与指示能力，可以上天入地，为常人所不能。布洛陀出门时河水为之断流、山峰为之崩塌，就连水牛角也要弯曲；布洛陀以烧红的铁块为早餐，以坚铁为午餐；布洛陀的家在深水之下或高山之巅；布洛陀用的经书同样具有法力，有的字小如苍蝇，有的字大如簸箕。历代的史诗传承人不断提高布洛陀的地位，他们不但供奉布洛陀为自己的祖师爷，还将他等同于汉族神话中的太上老君。

由于史诗在各类庄严场合中吟诵的特殊性，史诗传承人在吟诵中要强调的主要是布洛陀对于全人类的贡献。这就把布洛陀叙事向创世造物、文化创造等方面拓展，内容涉及天地起源、顶天增地、日月起源、物的起源以及文化和社会秩序的出现五大方面。其中，造文字、造仪式、造首领等内容在史诗中十分突出，在口传神话中也不常见，这是史诗传承人根据实际的生活和信仰需求，综合、整理与创编的结果。

与神话中不一样的是，布洛陀史诗常常以“王”作为叙事主角。这是布洛陀史诗受壮族早期地方政权——土司、土官等文化影响的结果。史诗体现了地方政权对人民的管理和对文化的推进，如多处出现关于“王”的字眼，有专门的“造皇帝土司”篇章。土司、土官或曾借助史诗传承人，通过史诗的演述确立自己在民众中的权威，以此增强他们对地方统治与管理的效果。

史诗传承人群体是史诗的佚名作者，他们对于史诗的最终成型起关键作用。在短歌的基础上，史诗传承人根据自己所掌握的祭词、歌谣、神话等丰富的内容，经过或长或短的创编过程，一代又一代地打磨、提炼，才造就了今日的史诗形态。这个过程复杂且充满各种偶然性。布洛陀史诗从萌芽、形成至书面传承，经历了形成主要情节、形成史诗形式、口头流传、以文字记录等若干个复杂的阶段。这些阶段之间或许可相隔数百年。

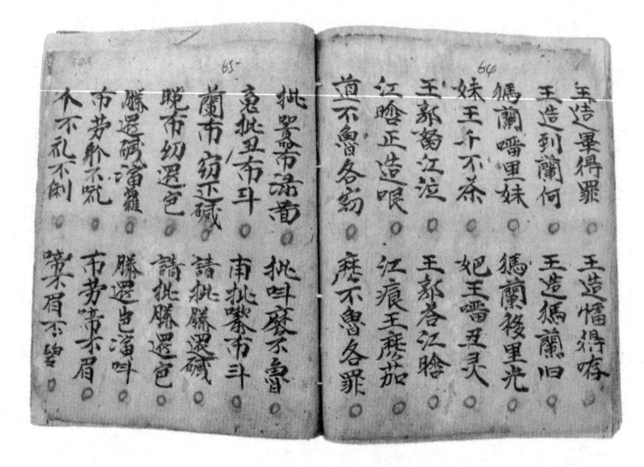

布洛陀史诗抄本

史诗传承人是布洛陀史诗得以流传至今的关键人物。我们目前看到的众多布洛陀史诗手抄本，就是历史上史诗传承人记录、整理、传承的结晶。他们的工作使史诗的语言更纯熟，内容更系统、完整，包含的社会内容更广泛。历代史诗传承人在各种节庆与信仰仪式活动中演唱史诗，客观上为保存布洛陀史诗做出了贡献。

历史上的史诗传承人是壮族中的文化精英，为布洛陀史诗的丰富和完善做出了重大贡献。他们积极吸收不同民族文化的精髓，为史诗不断注入新鲜血液。史诗传承人受到中国传统汉族文化的影响较大，这在布洛陀史诗中表现鲜明。受汉族道教思维的影响，史诗传承人有意识地将不少道教神祇与汉族民间故事引入史诗之中，比如道教的玉皇大帝、太上老君、三清、太乙救苦天尊等，以及汉族二十四孝故事等。

唱诵史诗时祈请的道教太乙救苦天尊

史诗传承人群体具有多重身份，常兼具仪式祭司、歌手。历史上不断涌现的传承人不仅熟知本民族的传统文化，可以担当德高望重的仪式主持人之职责。他们更是在民族歌海中遨游的能手，能够将民族的音乐精髓在史诗中发挥得淋漓尽致。史诗传承人往往自幼熟悉布洛陀神话，会唱有关布洛陀的歌谣，这为他们成为史诗传承人提供了良好的条件。

家族传承是布洛陀史诗传承得以延续的重要方式。有的史诗传承人的家庭长辈就是掌握史诗的老艺人、老歌手。他们从小耳濡目染，凭借先天优势及后天的不懈努力和机遇，加之常常能够得到指点和教诲，最终继承前辈的衣钵，成为享誉一方、演唱技巧高超的史诗演述人。家族传承确保了布洛陀史诗得以世代延续、长盛不衰。

国家级布洛陀史诗代表性传承人黄达佳是家族中第七代史诗演述人，小时候曾经跟着父亲参加演述布洛陀史诗的活动。一年又一年，前来向他父亲拜师学艺的人络绎不绝，于是他经常帮助父亲抄写史诗典籍。在这个过程中，他熟练掌握了与布洛陀史诗演述相关的仪式，对布洛陀史诗倒背如流，逐步成长为一名远近闻名的史诗演述人。

史诗演述人往往也是地方上优秀的歌手。如黄达佳除了学习各类布洛陀文化，还出入各类歌圩与人对歌、赛歌，克服各种困难和挫折，潜心学习各地各种曲调的山歌，成为百色市田阳区一带闻名的歌王。故此，关于布洛陀造人造万物的歌谣，他可以用唐皇调、山歌调、经书调、喃调等多种调

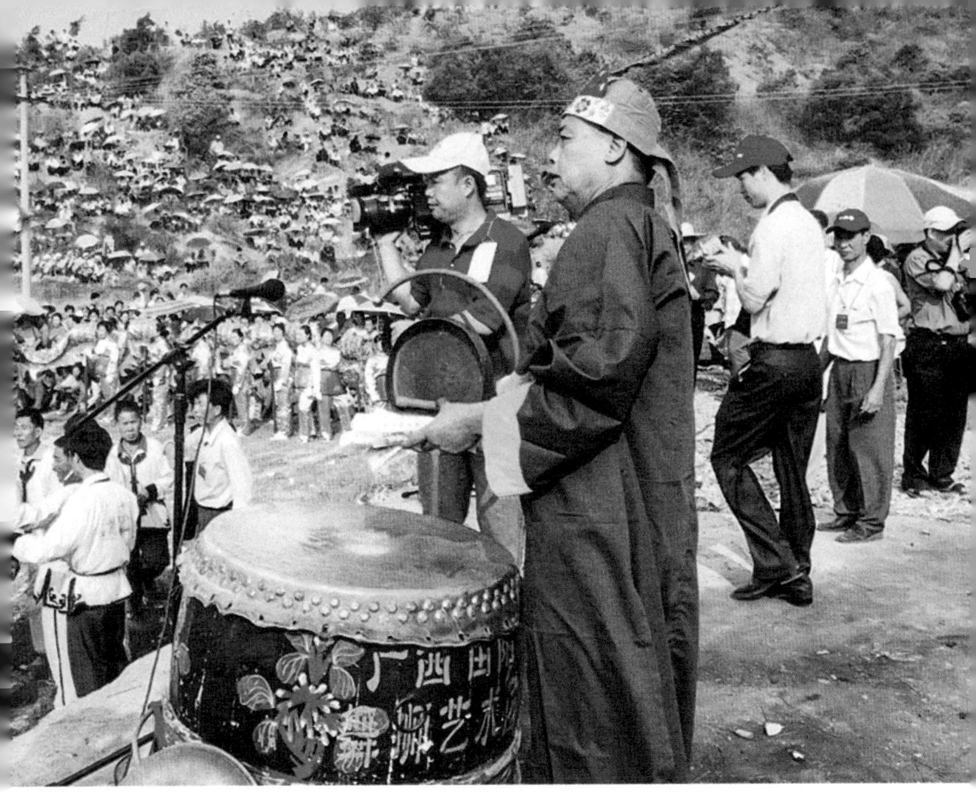

史诗代表性传承人黄达佳在布洛陀祭祀仪式上鸣锣开祭

子进行演唱。每次演唱，观者云集，听者如痴如醉。

在各类庆典中，史诗传承人往往具有多重身份。在百色市田阳区祭祀布洛陀大型活动中，史诗传承人在主持祭祀仪式、唱诵完布洛陀史诗后，往往和民间歌手、前来祭祀的广大群众一起，参加歌圩活动。于是，祭祀活动连着娱乐活动，神圣庄严与欢乐互相渗透，使整个活动既充满了信仰的神秘意味，又融入了壮族人民生活的乐趣。在历次祭祀活动中，史诗代表性传承人黄达佳在完成仪式主持人的工作之后，将身份切换为歌手，又投入到歌海中，用歌声尽情地表达自己的情感。

总的来看，在壮族歌唱传统的滋养下，在约定俗成的民间信仰环境中，作为民间智慧结晶、“民间百科全书”的布洛陀史诗犹如一棵大树，根深叶茂，姿态婀娜。在历代史诗传承人的不断“浇灌”“施肥”“除草”等养护之下，布洛陀史诗成为壮族人民传承久远、生生不息的宝贵精神财富。

古壮字的使用与典籍的形成

布洛陀史诗的传承离不开文字。文字是人类文明的重要标志。它记录人类语言，使思想得以更快、更远、更久地传播。口传的内容容易随着人的逝去而消散或改变，但通过文字记录下来的东西却可以跨越时间和空间。

壮族历史上的文字创造经历两个阶段，第一阶段是刻画文，人们使用各类线条、模仿动植物形态来表达思想，字形质朴。第二阶段是古壮字。借鉴汉字偏旁部首等组合而成的文字，字形较为成熟，可以系统地表达各类思想。

在历史进程中，壮族人民受中原汉文化的影响较为久远、深厚。在汉字的影响下，他们开始了古壮字的创制过程。古壮字是参照汉字的偏旁部首重新组合创造出来的、可以表达本民族语言读音与意思的方块文字。古壮字的出现推动史诗典籍的形成。

古壮字选例

古壮字	⿰六鳥	鴓	⿰牜不	財	移
今壮文	roeg	bit	vaiz	sai	lai
国际音标	ɣok^{8}	pit^{7}	wa:i^{2}	θa:i^{1}	la:i^{1}
汉义	鸟	鸭	水牛	男	多

上林县唐碑

古壮字在唐朝就已出现，广西南宁市上林县的唐碑上刻有迄今为止发现的最早的古壮字。其字数虽然不多，但却表达了壮族先民特殊的语言含义。

不同版本的布洛陀经书抄本

壮族典籍布洛陀史诗的形成，是以古壮字为基础的。史诗传承人通常是掌握了古壮字的知识分子。他们在传诵布洛陀史诗的过程中，发挥自身的聪明才智，运用古壮字来记录、整理史诗，并在历史的发展中逐步实现了对布洛陀史诗的规范化书写。

史诗传承人手中通常持有布洛陀史诗典籍。各地传承的布洛陀史诗手抄本篇幅长短不一，比如有的手抄本篇幅较长，包含的内容丰富，那么在不同仪式上就择取不同的章节吟诵；有的手抄本篇幅较短，内容较为单一，一个手抄本主要对应一个仪式。

百色市田阳区的史诗代表性传承人农吉勤家中珍藏着不少史诗手抄本。他家祖传至今的布洛陀史诗手抄本共有 14 本，其中最早的经书写有“天命丙辰年正月十五日抄”的字样，即公元 1616 年，距今已有 400 余年历史。其中与祭灶仪式有关的手抄本有两本，较老的那本誊写于 1912 年，较新的手抄本誊写于 2004 年。

传承人农吉勤手拿部分史诗手抄本

古壮字的使用深刻地影响了史诗的叙事模式与传承。这主要体现在史诗格律日益精巧、程式化诗句的使用、史诗手抄本日益经典化、仪式模式的固化等方面。

史诗格律精巧。在传统歌谣押韵方式的基础上，史诗的格律被史诗传承人反复推敲，在文字记录的帮助下，日渐精巧与完善。史诗多以五言为主，偶尔有三言、四言、六言和七言。史诗开头往往先使用对偶形式。史诗主体押腰脚韵，即在押腰韵的同时，有一定规律地出现脚韵。如《麽请布洛陀》手抄本的诗句，第一句末字与第二句第三字、第三句末字与第四句第二（三）字、第四句末字与第五句首字构成了腰韵格局，而第二句的末字与第三句的末字押脚韵，这段经文就形成了自成一格的腰脚韵模式。此外，史诗中脚韵的使用频率亦较高。

史诗诗句的程式化，就是使用具有特定含义的词语，来组成相对固定的韵式和相对固定的形态，在诗行中根据实际表达的需要而不断重复出现。诗句程式化既是为了让听众加深印象，更是为了使演唱者可以顶住现场表演的压力，快速流畅地叙事，具有深厚的民族文化底蕴。例如史诗篇头常常出现固定对偶句：

> 三界三王制，四界四王造。
> 王造布洛陀，王造麽渌甲。
> 祖公住岩洞，去岩洞下请。
> 祖公在山下，去山下去请。
> 去下方山请，到下面村询。

以此引出布洛陀率众神开天辟地、创造万物、安排人间秩序等具体事迹。

当壮族先民遇到困难，向布洛陀和姆洛甲求助时，就会唱“去请布洛陀，去请麽渌甲”“布洛陀就说，麽渌甲就讲”……通过以上这几句引出布洛陀、姆洛甲如何为壮族先民指点迷津的内容。诗句的程式化使听众对于史诗人物、叙事背景及情节发展等的认识形成了一定的模式，提示了史诗的发展进程。史诗所构建的意象和壮族文化语境统一协调起来，激活了个体对壮族历史文化知识的启悟。

又如，史诗中请布洛陀降临仪式现场时，要“儿辈拿书祖公来，孙辈拿拐杖祖公来”。“祖公”即布洛陀，仪式举行时要把他的各种贴身之物、道具取来，多用“拿……来”这个句式，以连排的形式表示布洛陀做麽器具之多，行头之全，营造出一定的气势。程式化的诗句使史诗传承人能够在这些固定唱词的引导下，更好地发挥他们的叙事才能。在历史的发展中，这类词句模式不断累积，最终形成了布洛陀史诗叙事的独特风格。

由于文字的使用，史诗诗行日益固化。传承人整理后的史诗手抄本，逐渐成为壮族文化中的经典，不允许随意更改。这使得各地出现的布洛陀史诗内容日益趋同。早期的手抄本被后来的传承人不断传抄，在一定区域内的布洛陀史诗在诗句、具体篇章等方面变得固化。这种现象对于布洛陀史诗的传承有利有弊。一方面，手抄本的不断传抄和固化有利于存留有关早期社会的丰富信息，有利于各类研究的开展，同时也强化了布洛陀史诗的社会地位。另一方面，以传抄、吟诵为主的记录、传播方式限制了布洛陀史诗自身的突破与发展，影响它在篇幅、内容方面的吸收和创新。

与史诗文本相呼应，史诗相关的仪式的步骤与程序形成了一定的套路。在仪式当中，传承人按照史诗典籍进行吟诵，不允许念错，伴随的仪式步骤也必须正确，形成了较为固定的模式。一般而言，跟随史诗的内容，仪式要经历上香请神、敬献牺牲、请神歆享、驱凶逐怪、敬酒送神等步骤，形成了仪式与史诗之间的紧密结合，缺一不可。

史诗传承人收藏的仪式法器

史诗手抄本在日益经典化的过程中融合了很多汉文化的内容，推动了典籍内容的丰富。布洛陀史诗的神灵系统吸收了汉族信仰体系中的部分人物，包括盘古、混沌、伏羲、神农、玉皇大帝、太上老君、燧人氏、城隍、孔圣人等；有的直接取其名而不加变动，比如玉皇、太白金星；有的改变了性别，人数也发生了改变，比如神农经常被称为神农婆，或被认为是一对夫妻；有的则只是名称上的借用。

布洛陀史诗吸收了汉文化的不少内容，其中既有内容上的借鉴，又有对某些内容的“移花接木”。例如，壮族先民将汉族的孝道故事改编成壮语韵文诗，和史诗内容有机融合在一起，在丧葬仪式中演述，以此弘扬孝道，教人向善。

又如，布洛陀史诗中用于母亲葬礼的《目连经》，其篇目虽然出自佛教的《佛说盂兰盆经》，但诗行里却较少提及目连救母的内容，而主要叙述母亲去世后子女的不舍，追忆母亲的恩德。百色市田阳区史诗传承人的《目连经》手抄本中，只有“目连和尚来解难”这句诗提到目连。手抄本把重点放在了描写亡母十月怀胎的艰辛、生子时候的痛苦与养育孩子的不易。孩子从牙牙学语到成家立业，都离不开母亲的精心照顾与安排。故此，母亲亡故，子孙追思。葬礼上听闻此篇目，无人不落泪。

总之，布洛陀史诗的萌芽时间早，发展过程漫长。它的内容时常与神话相交错，其雏形在壮族族群的“童年时代”就已经产生。经过史诗传承人世世代代的不断努力，布洛陀史诗从口传祭词、歌谣、神话等涓涓细流汇成了长篇叙事作品。它是集体智慧和信仰的结晶，凸显的是壮族特有的精神气质和凝重、庄严的族群品格，反映了壮族人民的信仰观念。布洛陀史诗典籍，是壮族人民在努力创制本族群文字——古壮字后的重要结晶。史诗典籍流传久远，让我们窥见了壮族人民积极向上、奋勇开拓未来的民族之魂。

各种节庆与仪式上的布洛陀史诗演述

布洛陀史诗至今仍在壮族民间各种节庆与仪式等场域中流传，并由专门的史诗传承人来演述。根据具体节庆和仪式内容的不同，史诗演述的规模有大有小，时间有长有短，所涉及的篇章也有所不同。与布洛陀史诗演述有关的大型节庆与仪式活动有广西红水河中上游地区的杀牛祭祖、右江流域的扫寨、广西田阳敢壮山的春祭布洛陀和玉凤镇祭祀布洛陀岩像、云南文山村寨祭祀布洛陀树等。

红水河中上游的广西巴马、大化、东兰、天峨等地的史诗传承人，在春节前的“杀牛祭祖”仪式上吟诵布洛陀史诗，赞颂始祖布洛陀开创天地、创造万物、安排秩序、为民排忧解难等功绩，追忆族群的历史和先祖的功劳，说明杀牛祭祖宗仪式的来源，确证布洛陀的神圣和权威。这一仪式在几十年前还很盛行，一般为两到三年举办一次，时间一般在秋收之后或除夕之夜。人口多的家庭可独自请史诗传承人来家中主持仪式，人口少的家庭则由同姓家族一起在宗祠等地方举行，有的地方则是全村寨共同举行仪式。仪式往往要请当地最有名望的史诗传承人来主持。

广西巴马吉屯的布洛陀史诗传承人黄英东说，每年秋收之后的“安祖宗”是最隆重的演述布洛陀史诗的仪式。仪式之前，需要准备猪、牛、羊、鸡、鸭、鱼等大小三牲进行祭祀，一般仪式持续的时间为三至七天。因为所需供品的花费比较高，故当地多以家族为单位来筹资举办。而现在，由于举办仪式较为复杂、费用高，加上农村人员流动大，已基本没人来请史诗传承人举办这类大型祭祀仪式了。

右江流域以村为单位的“扫寨”活动是壮族人向布洛陀、村社土地等敬献、祈福的仪式。扫寨，大多是为了庆祝五谷丰登、生活富足，祈祷来年更比今年好。有的时候，村里频出意外、六畜不兴、五谷不收等，则需要清扫“晦气”，以更好地迎接新的一年。史诗传承人在仪式上唱诵的布洛陀史诗，侧重讲述天地起源、万物与社会的形成，教人们铭记布洛陀创造发明万物之恩，谨记布洛陀的教导，维持壮族社会的繁荣。在广西田阳一带，扫寨活动一般选在农历十月初十或春节期间举行，大祭历时七天，小祭一般历时三至五天。举办时间间隔为三到七年不等。

已故的国家级布洛陀史诗代表性传承人黄达佳曾主持百色市田阳区东江村的扫寨仪式。2006 年底，适逢东江村风调雨顺、作物大丰收，全村人集体出资延请黄达佳及其助手、徒弟等一行人到村中扫寨，祈求布洛陀等祖先与神灵护佑，使来年村寨平安、六畜兴旺、五谷丰登。在整个仪式过程中，黄达佳要吟诵布洛陀史诗及其他经文，并负责进入每一户人

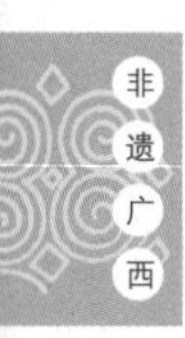

黄达佳在做扫寨仪式的准备工作

家以清水、火焰“扫除晦气”。史诗的内容以布洛陀如何造天地、造万物为主。

史诗传承人周天益也曾参加扫寨活动。扫寨时，周天益搭建神坛，唱诵布洛陀史诗，陈述布洛陀的伟大之处，描绘他如何创造世界万物，教人们学会驯养动物，教人们如何迈向文明。此外，他们还要为村里的各家各户清扫“污秽”、踩花灯，并放河灯和小船送走邪祟。

百色市田阳区民众在当地敢壮山上修复了供奉布洛陀神像的祖公祠，每年定期在布洛陀降临日期间举行祭祀。祭祀仪式从农历二月十九开始，史诗传承人先把祖公布洛陀和母娘姆洛甲请来入座，一直烧香供奉到农历三月初七。到了农历三月初七那天，史诗传承人主持祭祀仪式，并演唱相关的布洛陀史诗篇章，追忆始祖开天辟地、创造万物时筚路蓝缕的过程。活动持续到农历三月初九才结束，历时二十

祭祀布洛陀的仪式

天。田阳方圆数十里各村屯的民众都来祭祀。仪式活动中，史诗传承人会引导各地民众依次献上供品，表达对始祖的崇敬。

祭祀布洛陀岩像。在百色市田阳区玉凤镇亭怀屯，当地壮族人民如今恢复了在大年初四至初六集体祭祀岩石上布洛陀天然神像的传统。并由当地史诗传承人覃安业念诵布洛陀史诗，以此追忆始祖创世之功德，勉励大家团结奋进。

祭祀布洛陀树。在河池市天峨县，布洛陀史诗传承人向宝业说，在每年正月村寨集体祭祀神树期间，他都要念诵布洛陀经诗，请布洛陀保佑全屯风调雨顺、人丁兴旺。

云南省文山壮族苗族自治州马关、广南、西畴、富宁等

布洛陀神树祭祀仪式

地的壮族民间至今也保留着与布洛陀史诗演述相关的盛大活动。例如，马关县仁和镇阿峨新寨东南面的布洛陀山山顶上，有一棵被称为布洛陀神树的古椎栗树，树干胸径超过 1 米，树高约 20 米。每年春季，当地壮族村民都要到山上举行祭祀神树的活动，请史诗传承人来演唱布洛陀史诗，讲述世界与万事万物的起源。与此同时，史诗传承人还要通过鸡卜卦来预测村寨来年的状况、收成好坏等。

云南省文山壮族苗族自治州广南县那洒镇贵马村同样

有祭祀布洛陀神树的习俗。据当地的布洛陀史诗传承人梁正功介绍，当地壮族人民在每年农历三月的属龙日一同祭祀布洛陀树，以祈求风调雨顺、五谷丰登。祭祀仪式上所唱的布洛陀史诗，分别讲述了天地起源、种子的起源、水的出现、坡的出现、性别的出现、箱子中动物和人类的出现等内容。

与上述大型、集体的节庆与仪式不同，在小型节庆与仪式上，史诗传承人可根据不同的需要选取相关的布洛陀史诗篇章来演诵，这些史诗篇章既可独立成篇，又互相关联。这些小型的节庆与仪式包括牛魂节、收谷物庆丰收、为长者补粮、为新房庆贺、祭灶等。

牛魂节上要演述布洛陀史诗中“造牛”的篇章。壮族人民耕作少不了牛这一得力助手，故此，他们以过“牛魂节”的方式来感激牛年复一年的辛苦工作。牛魂节又叫脱轭节、牛诞日，通常是在农历四月初八。在这天，人和牛都要停止劳动，人们以多种方式表达自己对耕牛的感激，如主人用枫叶水浸糯米蒸饭，第一团蒸饭先给牛吃。牛栏外安个小桌，摆供品，点香烛。最重要的，是请史诗传承人来唱有关牛起源的史诗篇章，吟诵布洛陀造牛的过程，为牛“赎魂”，祈祷牛魂安然，健康长寿，多为主人家干活。这一天，东兰县的壮族人民会取下牛鼻绳，脱下轭和竹筒铃，给牛洗澡、梳毛、捉虱、抓痒。倘若牛死了，壮族人民则会把牛角骨取下，挂在堂屋顶梁下，在农历四月初八这天贴上红纸条，以示纪念。

史诗传承人周天益曾参加并主持坡洪镇天安村举行“赎牛魂”的仪式。牛魂节这天，天安村里有牛的家庭集体出资，延请史诗传承人举行仪式，为牛“赎魂”，保佑耕牛平安健康、不生病遭瘟。仪式当天，周天益等人选一处牛棚，设香案，唱布洛陀经诗中有关“牛的起源”篇章。当唱到牛牵不起来时唱：“去问布洛陀，去问麽渌甲。布洛陀又讲，麽渌甲又说。用针穿牛鼻，再把麻绳穿。把绳勒牛耳，一人就牵回。一人可拉牛，牛哒哒跟回。”吟唱的时候还要时不时将牛绳放到香火上绕，将牛魂牵回。仪式结束时，传承人用新鲜的柚子叶蘸清水，象征性地为各家的牛棚除秽、给耕牛喂食。仪式之后，人们用白纸剪出与参与仪式户数相同的小纸人，纸人上写下各家户主的名字，放入大的簸箕。然后，再用红纸剪一只牛，放入簸箕，用纸幡搅动簸箕内的纸人和牛，直到有一个纸人和纸牛沾上纸幡。这只纸牛，代表着布洛陀的牛。沾上纸幡的纸人写着哪户人家的名字，代表了布洛陀选择了哪户人家，将牛送给了他们，这也暗示着今年内，这户人家的耕牛必定最健康、繁殖最好、耕田更多。被选中的人家高兴万分，另外举行庆祝活动，摆宴席延请史诗传承人、亲朋好友到家中聚餐。被选中的这户人家，他的纸牛、纸人都要放到祖宗牌位旁边一起供奉。

同样的，为其他家禽家畜“赎魂”的仪式上也要演诵相关的布洛陀史诗篇章。史诗传承人向宝业曾说，当家禽家畜生病时，壮族人民寄希望于布洛陀使它们的魂魄回归，故演唱布洛陀造六畜的史诗篇章，追溯六畜的来源，祈求它们早日恢复健康。

在收谷物后庆丰收的小型节庆仪式上要吟诵布洛陀史诗中的“造稻谷”篇章。届时，户主会请史诗传承人前来，在收回稻谷的谷仓前摆上香案，吟诵有关布洛陀造谷物、寻谷物及指导人们寻回谷魂的史诗篇章。壮族群众认为，仪式的举行保证了谷魂从野外回归到谷仓之中，得到良好的休息，使得明年还能实现稻谷的增产增收。与此同时，史诗内容也使人们受到了教育，让人们意识到谷种如何来之不易，要格外珍惜，勿要浪费粮食。

有的史诗传承人在每年腊月二十八的夜晚供奉布洛陀。这时，传承人会吟唱有关布洛陀造经书、造民间宗教的内容，祈求布洛陀保佑自己在主持各类仪式时顺利成功。有些在一年内遇上灾难或不顺之事的家庭，也会请传承人在家中祭祀布洛陀，唱诵祈求平安的史诗，祈求布洛陀帮助消灾去难，带来福气。

丧葬仪式上也要演述布洛陀史诗篇章。当家中有老人仙逝，壮族人民都要请史诗传承人来唱诵布洛陀史诗，为老人送行，希望其魂魄能回归祖先之地，保佑家人安康。云南文山麻栗坡村的史诗传承人张廷会为仙逝的老人家举行仪式时，先请布洛陀等先祖入座，再为亡灵搭建灵堂。此后，最主要的环节就是念诵布洛陀史诗篇章，其内容包括天地形成、汉王如何掌管天下等。有的壮族人家遇到亲人突然离世，悲痛难当，也要请史诗传承人前来吟诵布洛陀史诗篇章“汉王和祖王”，寄托自己想要亲人魂魄归来、祖先神坛安息的心愿。

壮族人民在祈求战事顺利、远行保平安等活动中，也要吟诵布洛陀史诗。

据云南文山广南县那洒镇贵马村的史诗传承人梁正功介绍，从前壮族人外出打仗或远行时都要在当地布洛陀的树下举行小的仪式，求得布洛陀的护佑。如今，需要外出的壮族人还保留着这个传统习惯，无论是外出做生意、求学、走亲戚等，都会去请布洛陀保平安，这样心里才会踏实。这就是传统信仰的力量。

壮族丧葬仪式上的布洛陀史诗演述

此外，布洛陀史诗还在各类维系家庭关系和谐的仪式中出现。如壮族人民为了消除父子之间的矛盾，就会请史诗传承人来吟诵与父子情谊相关的史诗篇章；为解决婆媳矛盾，就请史诗传承人来唱有关婆媳相互谅解的史诗篇章；为解决母女、兄弟矛盾，就请史诗传承人吟诵有关母女、兄弟之间要和谐的史诗篇章。

布洛陀史诗的文化内涵

布洛陀史诗内容产生的时间可追溯到万年前，是壮族文化长期积淀的结果。一个区域的文化模式一旦形成，必然会持久支配每个社会成员的思想和行为。壮族人民在一定的地域环境下，因地制宜地创造自身文化，不断拓深其内涵。作为民族生存根本的物质生产生活，潜移默化地促进了布洛陀信仰的形成，培育出布洛陀史诗这一独特的艺术形态，表达了这一方人民浑然天成的自然心态，熔铸了富有民族与地域风情的性格特点与特殊心理结构。

史诗是稻作文化传统的产物。壮族人民生活的区域多为喀斯特地貌，大部分地区地表崎岖，土壤十分贫瘠，这种自然环境下，人们依靠希望和理想的信仰，迈着奋斗不息的强有力步伐，通过自己的双手，实现了民族的发展壮大。作为世界上最早人工栽培水稻的族群之一，壮族人民长期经受稻作农耕的磨砺熏陶，劳作的千辛万苦，护苗的仔细耐心，收获的喜悦满足，培养了他们坚忍不拔、执着顽强、细密谨慎、脚踏实地、敦厚善良、宽容内敛的性格特征，孕育了独特的喀斯特地貌稻作文化。

壮族地区水稻收割图

布洛陀史诗体现了壮族人民吃苦耐劳、细心缜密的稻作民族典型性格特征。他们坚韧不拔，终年劳作不息。在布洛陀史诗中，开辟世界和造万物的部分最能体现他们吃苦耐劳的品格。在史诗中，布洛陀带领众神开辟天地、造人、造火、造水、造牛、造稻谷、造猪、造鸡鸭……尽管其过程总是一波三折，但造物者在每项工序中都不厌其烦，精细周详。

在创造了生存的物质空间后，他们还要面对日常生活中的诸多困难和挫折，唯有不屈不挠，以顽强的毅力解决各种摆在面前的问题，运用群体的智慧战胜恶劣的自然环境和各种各样的灾害。神话中，布洛陀、众神和人类坚

持具体问题具体分析，针对各种困境提出了不同的解决方案。

布洛陀史诗体现了稻作民族安土重迁、积极进取和集体合作精神。和旱地耕作不同，水田种植对耕作环境的要求较高，只有阳光充足、地面较平坦、靠近水源、不旱不涝的地方，才适宜耕作。这种生产模式要求人们有相对稳定的居住地，尽量减少人口流动。因此，壮族人民追求相对稳定的生活，讲究安土重迁，依靠集体的力量共同奋斗。

史诗展示了壮族人民的群体文化传统。早期社会中生产技术水平极其低下，人们面对严酷的环境、艰难的条件以及未知的大自然，必须团结协作，齐心合力，以稻作生产的形式度日，以“群”的形态求取生存。因而，他们共同居住，以集体的方式从事采集、狩猎等生产活动。相比于新时代，这一时期的人们更需要“群”的境况，在生产生活实践中协作，这也使得他们在心理上充满了对群体的依附感，这种欲望和感情可以说是促使某种形象和叙事萌生的一种深层心理动机。

群体文化为布洛陀史诗的产生和完善提供了巨大的动力。这种主要以血缘关系为纽带的群体文化，把集体的力量和智慧融合在一起，形成宏大的文化根基，为神话的成形输送了养分。对共同祖先的缅怀、对群体历史的追溯、对共同群体生活的记忆，是布洛陀史诗得以萌生的土壤，也是其得以延续和发展的条件。

例如，布洛陀史诗“稻谷起源”叙述为了寻找谷种，人

壮族众亲友自发前来为举办红白喜事的主家帮忙

们召开氏族集体议会进行讨论，村老、寨老统一大家的意见，决定派鸟和老鼠去遥远的地方寻找。村老、寨老作为社会中最具威望的人物，代表了氏族成员的共同意志。整个氏族以群体的方式发挥作用。

布洛陀史诗还体现了壮族社会中在集体意志下形成的各种习惯和公序良俗，如尊老爱幼、乐于助人、人人平等、互相协作等。

布洛陀史诗的其他民间传说

布洛陀开天辟地

壮族民间流传着许多有关布洛陀的神话传说。这些神话传说有些是在相关仪式之外由布洛陀史诗衍生而出的，是对史诗内容的呼应、发展和创造。它们表达了人们对布洛陀的崇敬与追思之情，在史诗之外补充了有关布洛陀的许多趣事，向我们展现了一个更为栩栩如生、和蔼可亲的始祖形象。有关布洛陀的神话传说涵盖了布洛陀创世、造万物、制文化、定秩序、助人为乐等五个主要方面。

布洛陀让天地分离。

从前，天地离得太近，人们生活很不方便，便找布洛陀商量该怎么办。

大家把来意一讲，布洛陀就说："那我们把天顶起来吧！"

"顶天？天这么大，这么重，怎么顶得起来呢？"

布洛陀笑呵呵地说："能！人多力量大呀！你们到树林里去选一根最高最大的老铁木来做擎天柱，我和你们一起把天顶上去。"

大家找来擎天柱，可是它太重，大家扛不动。

布洛陀说："大家齐心合力跟我来。"说着，马步一蹲，把擎天柱扛到肩上。

其他人抬着树头、树尾，一齐把树抬到了洛陀山顶。

布洛陀把洛陀山当柱脚，竖起铁木柱，抵着天，然后用力一顶，把重重的天盖顶上去，把宽宽的大地压得往下沉。新的天地就这样造成了。

布洛陀四兄弟分管世界。

布洛陀与雷王、图额、老虎为四兄弟。四兄弟中，老大是雷王，老二是水神图额，老三是老虎，布洛陀是最小的。四兄弟各有各的本领，但三个哥哥看布洛陀细皮嫩肉，好像很好欺负，便想把布洛陀吃掉。他们谁都想独自吃掉布洛陀，不给别人占一点好处。于是，三个哥哥便策划了一场比赛：把三个兄弟关在半山坡上的一间茅草屋里，另外一个则在外边展示自己的本事，在屋里的人害怕了，就算输了。输掉比赛的人将会被吃掉。

大哥雷王先在屋外展示。他先让天下一场暴雨，把茅草房搞得湿淋淋的。然后雷王擂鼓跺脚，把大地震得乱抖，想把茅草屋弄垮。里面的图额和老虎怕雷王赢了，就想方设法顶住屋里的柱子。雷王一着急就放出雷火，然而茅草湿淋淋的也烧不着。雷王输了。

接着是图额显本事。他让江河湖海的水都掀起大浪，想把茅草屋淹没。无奈雷王和老虎紧紧护住茅草屋，茅草屋地势又高，水浪再高也淹不到。结果图额精疲力竭也没有取胜。

接下来轮到老虎展露本领。他先刮起一阵大风，想把茅草屋掀翻。但雷王和图额把茅草屋稳住，房子丝毫没有动摇。

他又张牙舞爪，吼得大地都震动起来，还用头来拱茅草屋，然而没能弄倒茅草屋，更没有让里面的三个兄弟感到害怕。老虎也失败了。

最后轮到布洛陀来露一手了。他等三个哥哥进屋以后，便把门拴住，在茅草屋四面烧起火来。火点燃了茅草，一下子就浓烟满屋，把他们呛得够受，眼泪和鼻涕直流。眼见火焰就要烧到身上，大家都想跑出去，谁知门被布洛陀拴住了，开不了，他们只得在里面乱拱、乱钻。

雷王最先从屋顶钻出去，眼睛被烟火熏黑了，跳到天上，不敢再到人间来。老虎力气大，拱倒了一面墙，逃到森林里，但身上也被烧成一道道黑斑纹，从此再也不敢到平地来。图额最后一个逃出茅草屋，他身上留下了很多的伤痕，躲到海里去凉快，伤口好了之后变成一身的鳞斑，从此再也不敢到陆地上来了。

布洛陀通过聪明才智保全了自己的生命，而且也保全了人类的性命。从此，人类不再受大自然和各种野兽的欺凌，过上了安稳的生活。

在壮族人民早期的思维观念中，人与周围的万物有着密切的联系，也存在着竞争关系，有各种冲突。布洛陀通过比试本领，战胜了雷王、图额、老虎，既保全了自己的性命，把他们从人类的生存区域上赶了出去，也保障了人类的生存权利。这映现出早期人类的成长历程。在他们看来，曾经控制与影响自己生活的自然现象与生物已没有那么可怕，人类对自己用双手创造未来充满信心。

布洛陀造江河浮雕

布洛陀开凿红水河。

广西红水河中下游堵娘滩、雷公滩、断犁滩、鹰山狗岩滩、卧牛滩和十五滩等地，传说是布洛陀开凿红水河而形成的。

据传，有一年大雨连绵，整个大地都被洪水淹没了。好多人被洪水冲走了，人类流离失所。布洛陀非常着急，决定带领幸存的人开凿一条河道，把水引到大海去。

布洛陀造了一根赶山鞭和一根撬山棍。他用赶山鞭抽打成群的小山，把它们赶到两边去，所以有些地方的小山就像一群群山羊向两边倚着。布洛陀又用撬山棍撬开大的山峰，所以有些地方的大山向南面或北面斜歪着。

一天，布洛陀来到一座大山前，一鞭把大山劈成两半，再往两边撬开。恰在这时，有位跟着布洛陀造河的妇女，掉到河里淹死了。于是布洛陀又把两爿山撬回来，只留一个夹

道，并堵住了山口，把这位妇女的尸体捞了上来。这个夹道的出水口，就成了“堵娘滩”。现在，堵娘滩水流十分湍急，是个凶险的地方。

布洛陀开河开到一个很深的水潭处。这个水潭前面被一座大山堵住，水不能流出去，且因为雷公经常到这里来洗澡，所以叫“雷公潭”。布洛陀把山撬开让水流出去。雷公大怒，大吼大叫，因此这里变成了“雷公滩”。现在，河水流经雷公滩时，总发出“轰隆轰隆”的响声，好像打雷一样，很是吓人。

布洛陀带领众人开河道，治水患，感动了天帝。天帝送给他们一头神牛、一把神犁，一犁过去就成一条河道。有了神牛和神犁，河道开得很快。布洛陀驾着神犁，犁到白马这个地方时，由于神牛走得太快，一吆喝就走了半里路，把犁头弄断了。断犁头的地方便出现了一个半里长的石滩，名叫“断犁滩”，水就从断犁滩两侧向东流去。

布洛陀带大家犁河道到了鹰山狗岩处。那山上有一只大恶鹰，岩洞中住着一只恶山狗。它们挡着人们不让过去。布洛陀叫大家扎很多竹筏，竹筏上都搭上网篷，众人坐在竹筏上，刺死了恶鹰，又打死了恶狗，继续往前开河。后来，这个地方的险滩被称作“鹰山狗岩滩”。

在斗恶鹰的时候，布洛陀放了神牛，让它歇一歇。神牛绕过鹰山狗岩，到前面卧在地上歇息，不料睡着以后便死去了。于是这里又出现了一个险滩，名叫“卧牛滩”。水流经卧牛滩时，就会发出“哞”的声音，好像牛叫一样。

神牛死了，只能靠人力开河道。布洛陀选了一帮青壮年男子拉神犁。由于开始时大家没有经验，每个人用力不均匀，神犁时慢时快，时深时浅。浅的地方就成了滩，一共有十五个。那十五滩长十多里，“船过十五滩，十有九个翻”，十分险要。

最后，河道终于开成啦！水沿着河道流入大海，这条河就是现在的红水河。

生活在红水河流域的人们，以这种独特的方式铭记着布洛陀为百姓做出的贡献。

布洛陀创造万物

布洛陀和姆洛甲生人。

河池市大化瑶族自治县的神话传说中姆洛甲与布洛陀婚配后生下人类。远古时候，姆洛甲、布洛陀是地上的两个人。姆洛甲想和布洛陀结婚，造天下婚姻，布洛陀却不同意。他还负气跑到下界和水神一起生活。后来，布洛陀看到姆洛甲在山顶上盼望自己回来，就对着姆洛甲喷了一口水，水射中她的肚脐眼。姆洛甲回到家就怀孕了，生下十二个孩子。孩子们称布洛陀为“卜”，在壮语里是“喷”的意思。

流传在广西百色市西林县的神话说，姆洛甲是天上神仙的女儿，她是个生于人间的巨人。有一天，她在山里遇见了布洛陀，两个人互不服气，就比试本领。结果两个人的本领不相上下，彼此爱慕，便结为夫妻，生育了九个儿子。

布洛陀造太阳。

古时候没有太阳，人类只能靠天上雷王闪电时的亮光照明，生活十分不便。布洛陀便决心自己造太阳。他综合了大家的意见，用泥巴捏成一个像吊篮那样的东西，拿到天火里去烧。待到烧得红彤彤的时候，他就用一根铁链捆绑住这个吊篮拖到山顶上，向天上一甩。那吊篮似的东西便抛向天空，挂在天上了。可这太阳被天上的风一吹就变得惨白，失去了光芒，没办法给人们提供热量。后来，布洛陀用水神图额的眉毛和睫毛粘在新做好的吊篮上，把它烧热又抛到天空中挂好。这一回，这个吊篮发出万道光芒，照得人间处处都温暖而明亮。它就是我们今天见到的太阳，而布洛陀第一次做的吊篮则变成了月亮。由日常所使用的吊篮联想到天上的太阳、月亮也是这么挂上去的，反映了壮族神话中源于生活的想象。

布洛陀在亭怀屯造水牛。

传说，百色市田阳区玉凤镇亭怀屯是布洛陀造水牛的地方。布洛陀在那里造了九十九头水牛，都没有角。他把它们关在村旁的一座山上。山上现在还有一个很大的水坑，那是以前牛生活的地方。

到了九九重阳节，布洛陀会杀牛给子孙们吃，但第二天，九十九头牛又完好无损，一头都不少。村里有个老太太说自

布洛陀造牛马浮雕

己曾见过这样的无角牛，还说曾吃过这种无角牛的牛肉，所以自己很长寿。

在亭怀屯一带的传说中，布洛陀除了造牛，还造出了马、猪、狗、鸡、羊等家禽家畜。他还造出一个仓库，仓库里都是金银。因此，这一带的山谷都有各种奇怪的名称，比如宰牛谷、养马田，都是因此而来。有一个地方据说是布洛陀放金银的地方，所以现在开出金矿来了。

布洛陀取谷种。

人间遭遇了大洪水，天底下的谷种都堆到案州去了。没有谷米，大家只好拿山上的瓜果当饭吃，拿地里的草根当餐食。但是这种东西，小孩吃了长不大，后生吃了长不白，姑娘吃了脸不红。为了再种谷子，有人撑着竹筏，漂洋过海去要谷种，但总是一去不回头。怎么办呢？大家就去找布洛陀。布洛陀出了个主意，派斑鸠和山鸡飞过大海，派老鼠游过大海，两路并进，把谷种取回来。可是它们在那里吃饱了，就到树上去筑巢、到林里去做窝，再也不想回来了。

大家在家里左等右盼，总不见它们回来，问布洛陀怎么办。布洛陀说："我帮你们去要回来。"说着，便把砍刀往腰间一插，就出门上路了。

布洛陀走过九十九座山头，跨过九十九条河道，抓住一条蛟龙，骑上蛟龙往案州去了。大海宽又广，无风三尺浪。布洛陀和风浪搏斗了二十七个白天和二十七个夜晚，才到达案州。布洛陀叫斑鸠和山鸡吐出吃掉的谷种，但它们把嘴巴合得紧紧的。布洛陀把它们的嗉囊全翻出来了，但只有三颗旱谷和四颗水稻谷能做种。布洛陀拿了谷种，骑上蛟龙，漂洋过海，回到了壮乡。

有了谷种，大家欢天喜地，选了吉祥的日子，把谷种撒到田垌里，这一年结的谷粒像柚子那样大，但结得很少。人们舍不得吃，留到第二年春天，大伙用木槌敲，用杵子舂，谷粒被敲裂了，米粒被舂碎了。他们拿到山坡上去撒，什么地方都撒遍。撒在山上的，长成了芒草；撒在园里的，长成了喂牛的草；撒在台阶下的，长成了玉米；撒在地里的，有的长成稗草，有的长成粘米、黄心米、籼米、粳米和糯米。这些谷米又有早熟、中熟和迟熟几种。谷粒再没有以前那样大了，但每穗的粒子很多。人们将这些谷粒收回来，不给任何人吃，全留来做种子。第三年春天到了，一下就播种了很多块田。这回的谷种真不错，撒到泥里就生，播到水里就长。八月可以指望大丰收了。可是，秋分到，寒露过，有的旱谷一扬花就枯死，有的水稻苗没有扬花就枯萎了，结果种多收少，差一点连谷种也收不回来。大家十分疑惑，就去问布洛陀。布洛陀告诉他们："长棵不抽穗的，是地瘦粪肥少；撒上骨头灰，穗多粒饱满。苦楝叶泡田，病虫不敢闹。"第四年大家就按布洛陀说的去种，果然获得了大丰收，大家欢天喜地。

从此，人们再也不用吃野果、草根了，粮食逐年增产，老米没有吃完，新谷又成熟了。百姓平安欢乐自在。每到过年过节，大家都拿糯米做粽粑送给布洛陀，表示对他老人家的尊敬。

布洛陀创制各种文化

布洛陀教人们盖房。

从前，壮族先民没有房子住。他们像猴子一样住在山洞中。然而，他们还要到坪坝上耕田种地，往返很不方便。布洛陀用木头在树蔸间搭起三脚架，架上横条，上面盖上树叶、茅草，便成了树屋。布洛陀便教大家都到平地上来这样盖房子，不再住岩洞了。

然而，这种树屋虽然可以住人，但遇到狂风暴雨就容易损坏和崩塌。布洛陀看到这种情景，就想办法建造了干栏房。

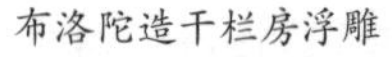
布洛陀造干栏房浮雕

人们听说他会造新式的房屋，都请他去帮忙。布洛陀有求必应，忙着替大家造新房。而他自己却没有时间造自己的房子，仍旧住在原来的山洞里。文山一带的壮族民众则认为布洛陀白胡须拖地，住在一棵万年青下。

房屋的出现，对于壮族人民意义非凡。有了房子，他们可以更安定地生活，不必寄居在黑暗的山洞中。出于稳固耐用、安全性能等诸多因素的综合考虑，对建造房屋技术的要求自然不低。汉族有木匠祖师爷鲁班，布洛陀就相当于壮族人民心目中木匠的祖师爷了。

此外，各地还流传着与人类发明创造、文明进步、习俗形成等种种文化现状相关的布洛陀神话传说，如布洛陀制服豹子、请柴火下山、造桥等。这些神话传说展示了壮族先民文明社会逐渐形成的过程，文化和秩序从无到有、从模糊到清晰。布洛陀不但创造了世界，他还是人们心目中的文化英雄，人类的聪明才智被投射在布洛陀的身上，展示出更多的集体力量之魅力。

布洛陀教人们捕鱼。

从前，人类常常食不果腹，布洛陀便教大家捕鱼。大家用竹子编成鱼梁和鱼帘，把鱼梁放到河里去，鱼架则放在水流的地方。人们抓住了各种各样的鱼，不但吃得饱了，而且面临的危险也少多了。

然而，河里来了各种各样的蛇来捕鱼，甚至还有可怕的大蟒蛇。布洛陀教大家拿竹棍去赶蛇，把它们赶进鱼梁和鱼帘，这样就能把它们统统打死。布洛陀又教大家用葛藤把蟒

蛇套住，然后再杀死它。布洛陀还教人们把鱼养到池塘里，于是大家又有鱼吃了，过上了安宁的生活。

这些神话反映了壮族人民早期的渔猎生活，也隐含着社会经济生产模式的改变。他们从渔猎、采集为主的生产方式转换为农耕捕鱼为主的生产方式。壮族人民在他们的日常生活中，也曾面临许多与蛇对峙的情形，如何战胜它们、避免被伤害是壮族人民世代经验智慧的结晶。

布洛陀制定人间秩序

人类语言的出现也被认为是布洛陀的功绩。

在远古时代，世间万物都会说话，它们遇到不如意的事都跑去向布洛陀告状。布洛陀忙不过来，就想让大家都安静下来。他准备好露水、雨水、泥塘水、河水和河源头水等，让各种动物自己找一种水来喝。于是，鸭子喝了河水，猫舔了露水，牛喝了泥塘水。只有人类锲而不舍地按照布洛陀的指示找到并喝了河源头水，鼻孔里长出了毛。于是，布洛陀规定只有人类能够说话。

这个神话解答了壮族先民关于为什么只有人类会说话的困惑，赋予了人类高度的自信。苍茫天地间只有人类掌握了语言，并通过语言来实现广泛而清晰的交流，这是人类被赋予的特殊技能之一。因此，语言在神话中往往也被视为神的馈赠或规定，具有神圣色彩。布洛陀史诗的产生也是壮族人民语言信仰的重要结果，是人与神沟通的重要途径。

世间万物的生存方式，甚至连生育个数都是布洛陀规定的。

禾苗的叶子不能长得太密，太密了见不到阳光，就光长叶不抽穗；猪不能生独仔；狗不能生得太多，三五个就合适；

蛇不能横躺在大路上，不许爬到人住的地方；鹅不能长猫毛；龙不能滚猪槽；老虎不能到田里糟蹋禾苗；牛不能拱主人；狗不能坐板凳。

布洛陀还规定，兔子四十天生一窝，老虎一次只能生一个，鸡鸭一次只能下一个蛋。人也去问布洛陀，布洛陀很忙，就随便答复说："你们喜欢什么时候生就什么时候生吧！"

布洛陀的规定体现了壮族人民对世界万物认识的深入，他们开始将周边的动植物、包括自己分出不同的群体，并进行归类。分类中包含着人们归纳事物的能力，展示了他们早期的哲学思想。

布洛陀助人为乐

布洛陀和姆洛甲化身岩石的故事。

在广西百色市田阳区头塘镇百东河河边有一座山，叫作布洛陀山。那里风景很好，挨着水的山边有两块突出的大岩石，据说是布洛陀和姆洛甲变的。以前，有一艘货船经过布

布洛陀石像（位于广西百色市田阳区）

洛陀山的水道峡口时，被冲到沙滩上，怎么推也推不出去。船上的人筋疲力尽时，其中有个老人家就祈求布洛陀帮忙。祈求之后，他一个人就能轻轻松松拉动绳索，把船拉动了。大家都欢呼雀跃，感激布洛陀的神力相助。

人们回到家以后，就到布洛陀山的山脚祭祀布洛陀，以示感恩。从此，大家要行船过峡口时，都先给布洛陀烧香，以祈求平安。

布洛陀封锁山洞的故事。

早先，布洛陀四处云游查看人心善恶。当他和姆洛甲看到岩洞下有歌圩时，他们就化身成两个老叫花子，披头散发，浑身污秽，到歌圩上请求人们帮他们抓虱子，以此试探人心好坏。人们都嘲笑、嫌弃他们。只有两个十一二岁的男孩和女孩，心生怜悯，帮他们抓虱子。

这时，突然电闪雷鸣，大雨倾盆，人们都跑到山洞中躲雨。两位老人家却不让两个孩子进去躲雨。那些心地不善良的人都进到山洞里之后，就有两块石头滑落下来，把山洞口给堵住了。一开始，外面的人还可以给里面的人送吃的，到后来，石缝就完全合拢了，里面的恶人都死了。

总的来看，壮族各地的布洛陀传说都是当地人民在布洛陀信仰及其神话内容的基础上，结合自己本土的风景、习俗进行创作的结果，它再现了各地壮族人民在构建地方知识体系的过程中对神话的运用以及对布洛陀的崇敬与热爱。这些传说都使人们感觉布洛陀更像一个活生生的人，与人们的生活息息相关，就像是自己家庭里可亲可敬的长辈。

丰富的布洛陀神话传说是壮族先民对始祖的理想化塑造，表达了人们对布洛陀的崇敬与爱戴，是对壮族文化的肯定。特定时空里的神话传说延续，强化了人们对布洛陀的印象，使他在人们心目中的形象更为生动真实。布洛陀作为领袖的诸多特质——威望高、勤勉、友善及乐于助人等，一直被民间津津乐道。

布洛陀史诗的保护与传承

对布洛陀史诗的搜集整理

布洛陀史诗的搜集整理工作可分为三大主要阶段，即新中国成立后到1966年之间的初步发展阶段，1977年到2000年的日渐成熟阶段，以及2000年至今迈向纵深的阶段。经历七十多年的发展，壮族史诗的出版数量日益增加，内容更为丰富，并突破国界的限制，走向国际化。与此同时，对布洛陀史诗的搜集整理方法、专业设备等都与时俱进，成绩斐然。

在初步发展阶段（新中国成立后至1966年），中国大部分民族的识别工作都已完成，壮族的民族身份得到确认，称谓从“僮”改成了“壮”。壮族人民的热情被激发出来，搜集整理壮族民间艺术（口头传统）的工作如火如荼。

此时，布洛陀史诗与其他的民间文学作品一样，被视为广大劳动人民的心声而备受关注。如《壮族文学史》编写组搜集到的“陆陀公公”神话（1958）以及《民间文学》刊出的《通天晓的故事》（1964）等，内容与布洛陀史诗大同小异，但演述形式之差异在当时尚未得到重视。遗憾的是，此时民族的概念尚未得到更深层次的探讨，对文本的民族性解读更多地被民间性解读所遮盖。

在日渐成熟阶段（1977年—2000年），布洛陀史诗搜集整理者对于史诗的概念有了较为深刻的认知，学术性思考日益成熟。1977 年，第一部《布洛陀史诗》（油印本）刊发，史诗的搜集整理工作实现真正意义上零的突破。

张声震主编的《布洛陀经诗译注》（1991）是这一时期的代表作。该译注遴选了布洛陀史诗文本中较具代表性的版本，采取更科学、全面的方式进行翻译，即采用史诗原文（古壮字）、国际音标、壮文、汉字直译、意译等“五对照”来呈现。

这时，搜集整理者逐步注意到不同民族口头传统形式的特殊性，史诗演述的具体语境与文化背景逐渐进入他们的研究视野。他们指出，对于史诗共性中个性的强调，与中华民族共同体意识中对每个民族的确认是一脉相承的。在充分认知个体的基础上，中华民族共同体内部的多元民族文化之交流持续发展，共同体意识日益增强。

在迈向纵深阶段（2000 年至今），布洛陀史诗的搜集整理工作日益科学规范，内容多元，迈向国际化。壮族史诗的翻译整理人员深受非物质文化遗产保护理念的浸染，也获得了更多相关的专业培训，对布洛陀史诗的整理形式愈加科学规范，对翻译的准确性要求精益求精。与此同时，相关人员对布洛陀史诗与中华多民族史诗之间文化交流、有机联系的理解亦与时俱进，主要成果有以下几点：

第一个是出版成果斐然。

张声震主编的《壮族麽经布洛陀影印译注》（八卷本，2004）是这一时期的代表作。该译注精选了壮族不同地区的

布洛陀史诗文本，充分考虑到区域分布与内容之间的关系，采取古壮字原文、拼音壮文、国际音标与汉文直译并存的“四对照”形式完成。它还通过彩图、史诗文本原文影印的形式，向读者立体地展示了布洛陀史诗的活态传承情况。

史诗中关于多民族友好往来的历史得到了关注。搜集整理者对多民族交流交往交融的理解在史诗文本的阐释中亦有反映。“多元一体”的民族关系理念在史诗搜集整理过程中得到了贯彻。在强调民族的个性上，中华民族大家庭的共同体意识促进了多民族史诗的普遍繁荣，推动了各民族团结一心，共同发展。

2016 年，由黄明标主编的《壮族麽经布洛陀遗本影印译注》出版，提高了布洛陀史诗翻译整理的水平。该书在《壮

《壮族麽经布洛陀遗本影印译注》书影

族麽经布洛陀影印译注》所使用的“四对照”翻译标准的基础上，采用了五行对照的方法，依次为古壮字、拼音壮文、国际音标、汉文直译、汉文意译，使诗行的意蕴得到了更充分的阐释。此次翻译的13个手抄本均来源于一个农氏麽公家族，这使得经书的出版具有了个案的典型意义，还蕴藏着历史的纵深信息。同时，文中采用了原样大小的影印扫描图与译文逐页相对照的形式，为读者对比使用提供了更多便利。

此外，广西壮族自治区少数民族古籍整理出版规划领导小组办公室（今广西壮族自治区少数民族古籍保护研究中心）编写的《布洛陀经诗：壮族创世史诗》（2016）由中国国际广

《壮族麽经布洛陀影印译注》书影

播出版社出版。云南也相继出版了《云南壮族文化丛书·壮族经诗译注》（三卷本，2004）、《文山市壮族（布傣）诗歌》（2012）、《文山市壮族（濮侬）诗歌》（2017）等。

第二个是迈出国门走向世界。

壮族史诗的整理工作还迈出了国门，走向国际，布洛陀史诗的译介是一个起点。澳大利亚墨尔本大学亚洲研究院的贺大卫（David Holm），于2003年翻译了布洛陀史诗手抄本中的“杀牛祭祖”篇，2004年翻译其中的“赎魂”篇，2015年翻译其中的“汉王与祖王”篇，并出版相关图书。贺大卫对于壮族文化有深厚的研究，他的田野实践经历丰富，这些书籍的出版既向国际友人推介了布洛陀史诗，又展示了西方研究者的视角。

除了外国学者对壮族史诗的翻译，国内的学者韩家权等也从本土文化的立场出发，对布洛陀史诗进行了英文翻译与推介，完成了《布洛陀史诗（壮汉英对照）》（2012）一书，被誉为“中国民间文学创作和民族典籍对外翻译的新纪元”。

第三个是搜集整理方式日益数字化。

随着数字化时代的到来，影像存留成为史诗搜集整理的利器，对壮族史诗的摄录工作也逐步展开。广西田阳区布洛陀文化研究会曾摄制了若干场布洛陀史诗的演诵仪式。2016年，由文化和旅游部民族民间文艺发展中心立项的“中国史诗百部工程”子课题“壮族布洛陀史诗摄制·麽兵百宿”完成摄制。这些工作，都彰显了壮族史诗的搜集整理工作在影音方面迈出了可喜的一步。

纵观布洛陀史诗搜集整理的过程，它印证着中国“一体多元”多民族关系理念的成长与成熟，也正是在这一理念的指导下，布洛陀史诗的搜集整理实践取得了丰硕成果。从史诗的内容上看，展现的是中华民族共同体意识不断增强与积淀的历史过程。随着布洛陀史诗的搜集整理工作不断推进，历史上壮族先民观念中的中华民族共同体意识的萌芽以及发展脉络得到了清晰的呈现。作为布洛陀史诗中的核心内涵，这一共同体意识在中国社会主义新时期继续发挥着作用，并不断推动着中华民族大家庭的团结与进步。

布洛陀史诗的新时代价值

布洛陀史诗作为一部壮族古老而宏伟的创世史诗，当你了解了其背后的文化传统，你就会发现它所具有的独特时代价值，而且依然具有创新发展的广阔空间。弘扬布洛陀史诗与时代的精神需求可有机结合，我们应当继承与发扬布洛陀史诗中萌芽的中华民族共同体意识，以此促进各民族彼此交流交往交融，提倡以“智”取胜，追求生态和谐等优秀思想精髓，有助于在中国特色社会主义新时代下增强多民族的团结、铸牢中华民族共同体意识，为实现中华民族伟大复兴的中国梦做出贡献。

布洛陀史诗对铸牢壮族的中华民族共同体意识具有积极意义。

布洛陀史诗凝聚着壮族的中华民族共同体意识的萌芽，经过历代先民的不断加工与精炼，布洛陀史诗里的“中国”与“中华民族”等概念日益在壮族人民的思想中扎根、发芽，并成为他们族群价值观中自我认同的重要准则。这种将“中国”视为“大家庭”、将“中华民族”视为“共同体”的观念，应当在中国特色社会主义新时代得到大力弘扬。

布洛陀史诗增进各民族的经济交往。

布洛陀史诗提倡各民族之间的经济交往。壮族人民生活的岭南地区有自己独特的物质资源，他们善待从四面八方迁徙而来的汉族、苗族、瑶族等先民，时常将村里的土地分给来者，赠予谷种播种，使迁徙者能够安居乐业。例如，布洛陀史诗记述壮、瑶、汉等不同民族共同开发铜矿的经历，体现出和谐、共处、同发展的意识。他们一起炼铜，用第一瓢铜水造出铜印以掌管天下，用第二瓢铜水造出铜鼓以管理部族，剩下的十瓢铜水分别造出铜铃、盘古的锣、皇帝和王的铜钱等铜制品。这样的史诗篇章鼓励八桂各民族进行更为深入的经济交往，共同致富奔小康。如今，我们要实现中华民族的伟大复兴，经济实力的提升是基础，各民族之间更为深入的经济交往是有力保障。

布洛陀史诗提倡各民族间要加强文化交流。

史诗在信仰体系、母题及具体细节、仪式演述和相关理念等多方面都融入了中华民族各民族的文化精粹。随着商贸往来的日益密切，壮族与汉、苗、瑶等各民族的文化碰撞，激发了彼此文化的创新与突破，为文化发展提供了鲜活的动力，使其文化展示出吸收与消化各民族优秀文化的蓬勃景象。在今日，各民族之间只有加强文化交流，实现彼此文化的深度借鉴，才能使各族人民增强对中华文化的向心力，才能更为自觉地坚守与促进中华民族大家庭的团结和睦。

布洛陀的“智慧”特征仍具有高度的时代价值。

用新的时代精神对布洛陀史诗进行审视与解读，我们能够

发现“智慧”这一关键词仍未过时。布洛陀的智慧体现在其创世、造物等各方面，而且具有很多与时代发展相契合、充满正能量的内容。通过对这些文本进行强调和再阐释，能够使后人在与祖先的共鸣之中找到自己的“初心”，为社会做出更多的贡献。

布洛陀的“智慧”属性依然可以在当下发挥作用。对以“智慧”为内核的布洛陀始祖文化的保护、传承与发扬，是中华民族文化自信的表现。这有助于民族之间的和谐共处与相互理解，是“创新、协调、绿色、开放、共享”五大发展理念的具体操作。

“绿水青山就是金山银山”。布洛陀史诗凝聚着壮族的生态智慧，其中蕴含着许多关于人与自然和谐共处、建设生态家园、追求物质与精神生活完美结合的理念与经验。通过对这些思想的汲取与运用，可使广大壮族人民从中汲取传统的力量，有助于保护好地方的生态，实现可持续性发展。

布洛陀史诗与文化的创新发展

布洛陀史诗需要创新发展，随着时代的发展，布洛陀史诗的传统生存语境逐渐消失，传承面临困难。年轻人难以理解史诗诗句的内容，不容易接受史诗演述的仪式形态。故此，从延续布洛陀史诗的角度考虑，可以通过各种适当的方式，扩大布洛陀文化的影响力，传播布洛陀史诗的内容，使布洛陀史诗能够在创造性转化与创新性发展中得到有效保护，促进乡村振兴。

一是对布洛陀史诗内容的再现。

通过出版物、景观建设、影视宣传等途径，向民众宣传布洛陀史诗的内容及其中的正能量，弘扬时代精神。

目前，在出版物方面的成果，有梁庭望、廖明君的《布洛陀——百越僚人的始祖图腾》(2005)，廖明君的《万古传扬创世歌——广西田阳布洛陀文化考察札记》(2006)，廖明君的《壮族始祖：创世之神布洛陀》(2009)，陆晓芹、廖明君编著的《布洛陀》(2012)等，这些著作以图文并茂的形式，向广大民众介绍了布洛陀的恢宏内容和文化价值。今后，这些宣传内容可以更为多元，涵盖对象更为广泛，以影音视频等形式，参与到各种平台的宣传中。

在景观建设方面，可通过文化墙、场景塑造等方式，在各地乡村建设中，再现史诗的经典片段，使各族人民更为容易理解与接受布洛陀史诗的内容，达到宣传教育目的。

二是充分发挥布洛陀史诗传承人的作用。

至今，史诗传承人的力量还没有被充分调动，他们所掌握的大量布洛陀史诗内容与相关知识还有待进一步对外展示。相关部门可以通过旅游统筹规划等途径，对外完善布洛陀史诗传承人的信息，使他们可以和对史诗感兴趣的旅游者等实现一对一的对接，达到文化保护与宣传、文化共享与交流的目的。

同时，不同类型旅游者的到来，为史诗传承人带来经济效益，提升文化自信心。这将促使史诗传承人更加积极主动地去传承、保护和发扬布洛陀史诗和文化，更自觉地展示自己所掌握的布洛陀史诗内容，为社会提供更多样化、更丰富的布洛陀文化信息。

三是开发与布洛陀史诗内容相关的文创产品。

布洛陀相关文创产品可在布洛陀创世、繁育壮族先民等重大叙事母题中寻找灵感，通过多样化的产品形式实现无形文化遗产的物态化设计和动态行为文化的立体化演绎，刺激旅游消费。文创产品的推出将在保护、传承和宣传布洛陀史诗及文化方面有所贡献，对旅游产业发展、民众增收等起到促进作用。例如，由陆益等创作的壮语新歌《布洛陀的子孙》《敬酒布洛陀》《母亲的祈祷》等，对布洛陀史诗进行了介绍，引发了年轻人对布洛陀文化的关注与追捧。

文创产品的形式需要彰显布洛陀史诗的个性。文创开发人员可以通过融合壮族、布洛陀、敢壮山、田阳的历史与现实等多种创意元素，做新做活、做精做细。在考察市场、了解布洛陀文化消费需求的基础上来提炼、创作和设计，通过差异来凸显个性，做深做透，以此提高成功概率。

四是对布洛陀文化资源的跨界融合。

对布洛陀文化资源进行跨界融合，引入动漫、电影等产业，将有助于社会拿出更为新锐的文化作品，实现布洛陀史诗传统的多元呈现与个性展示。

从田阳区到百色市再到右江流域，布洛陀文化资源极其丰富。除了田阳敢壮山及周边地区，田东县朔良镇杏花村百罡屯的青岩洞也供奉布洛陀的神像；西林县流传着布洛陀和娅王比赛的神话，驮娘江被称为布洛陀河；河池金城江区有姆洛甲峡谷。如此丰富的布洛陀文化遗存，需要根据文化资源传承的具体情况跨区域来统筹设计，实现相关文化资源在旅游等方面的整体开发，提升各地的收入水平。

布洛陀史诗是壮族文化的精髓，在中国特色社会主义新时代，只有通过不断地进行创造性转换与创新性发展，才能使得史诗重获新生，增强生命力，继续为壮族人民、为全社会所欣赏。

附录

项目简介

布洛陀

国家级非物质文化遗产代表性项目

项目序号：2

项目编号：I-2

公布时间：2006 年（第一批）

类别：民间文学

类型：新增项目

申报地区或单位：广西壮族自治区田阳区

保护单位：田阳区文化馆

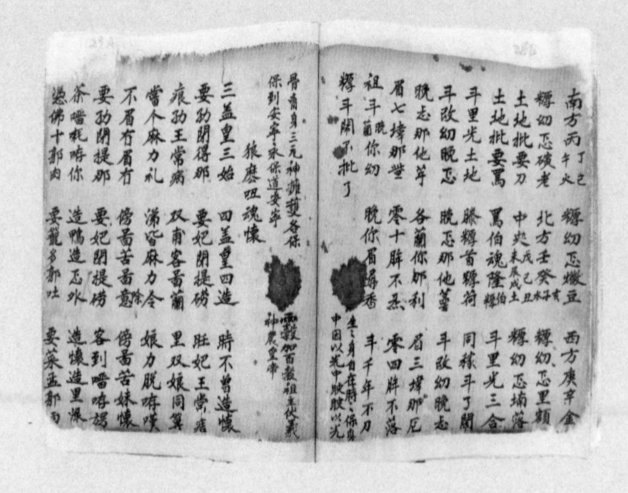

布洛陀史诗是传唱壮族始祖布洛陀开天辟地、创造人类等丰功伟绩的一部壮民族口传史诗。布洛陀是壮族口头文学中的神话人物，是创世神、始祖神和道德神，其功绩主要是开创天地、创造万物、安排秩序、制定伦理等。酷爱歌唱的壮族先民在民间神话、故事和传说的基础上，以壮族民歌中最常见的五言牌歌为基本形式唱颂布洛陀及其功绩。唐宋时期，壮族民间就出现了用汉字形、音、义构造的方块壮字（又称土俗字）。大约从明代起，这部口传史诗在口头传唱的同时得以用方块壮字书写的形式保存下来，其中有一部分变成壮族民间麽教的经文。

壮族布洛陀口传史诗内涵深远、风格独特、自成体系。主要有如下六个方面的内容：布洛陀创造天地、造人、造万物、造土皇帝、造文字历书和造伦理道德。此外，民间祭祀布洛陀时也有唱颂布洛陀的内容，而布洛陀歌圩也有关于唱颂布洛陀的歌。在歌圩开始之前，人们除了要上山祭祀布洛陀外，都要先唱布洛陀古歌，包括祭祀歌和创造歌。

在长期的传承过程中，壮族布洛陀口传史诗形成了流传的广泛性、内容的原始性和原生性、高超的艺术性等基本特征。从总体上看，壮族布洛陀口传史诗反映的是壮族先民氏族部落社会的情况，反映了人类从茹毛饮血的蒙昧时代走向农耕时代的生活图景，具有独特的历史、文学、宗教学、古文字研究、音韵和音乐艺术研究等学术价值；此外，壮族布洛陀口传史诗还具有满足人们的精神文化生活需求和教化作用等应用价值。2006 年 5 月，经国务院批准，布洛陀列入第一批国家级非物质文化遗产代表性项目名录。

传承人小传

黄达佳 HUANG DAJIA

布洛陀史诗国家级代表性传承人

黄达佳，男，壮族，1944 年生，广西百色市人。2006 年 5 月，经国务院批准，布洛陀列入第一批国家级非物质文化遗产代表性项目名录。2006 年，黄达佳被认定为第一批国家级非物质文化遗产代表性传承人。

黄达佳是布洛陀史诗传承人世家的第七代传承人。他从小就和父亲参加各类布洛陀史诗演述活动，在耳濡目染中牢记了布洛陀史诗的内容。他能够唱诵布洛陀创世、造万物、制文化、定秩序等各个方面的史诗篇章，成为年轻人学习的榜样。

黄达佳是田阳一带闻名遐迩的布洛陀史诗仪式主持者。当地壮族人民的扫寨、消灾除难、祭灶等活动都少不了他的身影。例如，他在春节前会十分忙碌，各个村寨的人都纷纷登门，请他去主持自己村的扫寨仪式。在仪式中，他以史诗内容来教育年轻人，要知情达礼，尊老爱幼，救弱扶贫，万事和为贵。

田阳敢壮山春天祭祀布洛陀的仪式，也曾由他来主持。在仪式上，他头戴羽帽，身披神衣，庄严肃穆的样子给人留下了深刻的印象。在庆典上，他组织田阳的各村屯有秩序地向布洛陀和姆洛甲祭拜和进贡。他在民间曲调的基础上编写了民间流传度很高的《朝圣大典仪式歌》《十拜歌》《十供歌》《唱祖公》等，成为新的布洛陀祭祀仪式的组成部分。他还积极参与策划祭拜活动的现场表演节目，向人们展示了有关布洛陀神迹的内容，为布洛陀史诗和信仰的传承做出了很大的贡献。

黄达佳十分注重对布洛陀史诗手抄本及其内容的搜集整理。40多岁时，他曾通过函授的方式进修了相关课程，提高了对民间文学资料整理的能力，具备了一定的专业素养。黄达佳还到田阳、田东等地搜集若干布洛陀史诗手抄本。

黄达佳还与人合作，出版了不少史诗资料。他积极与其他布洛陀史诗传承人交流，将自己和他人口传习得的布洛陀史诗进行记录、整理，使其成为出版物的重要资料。例如，他与黄明标合作，将自己创作的布洛陀祭祀歌翻译整理为《布洛陀与敢壮山（祭祀歌）》，并于2004年由广西民族出版社出版。此外，他还录制了不少布洛陀古歌的演唱视频，以更为

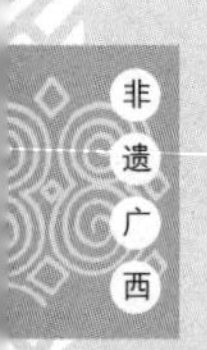

立体、全面的方式推动布洛陀史诗的传承。

黄达佳还是田阳一带有名的山歌王。他自幼喜欢民歌，从小就喜欢在歌圩上听歌，长大了就在歌圩上对歌。他克服各种困难和挫折，潜心学习各地各种曲调的山歌，到16岁时已经是本地小有名气的歌王。这与布洛陀史诗的演唱相辅相成，相互促进。

他热爱对歌，掌握了民歌的诸多曲调。在成为仪式主持人之前，他对布洛陀史诗已经十分熟悉。关于布洛陀造人造万物的古歌，他甚至可以用唐皇调、山歌调、经书调、喃调等多种调子进行演唱。当年的他，在主持完敢壮山的祭祖仪式后，便投入到歌海中，用歌声尽情地表达自己的情感、表现自己的生活，用山歌的方式传递布洛陀的智慧。

扫码看视频

覃安业 QIN ANYE

布洛陀史诗自治区级代表性传承人

覃安业，男，壮族，1954 年生，广西百色市人，2006 年 5 月，经国务院批准，布洛陀列入第一批国家级非物质文化遗产代表性项目名录。2006 年，覃安业被认定为第一批自治区级非物质文化遗产代表性传承人。

覃安业自幼就在布洛陀文化的浓厚氛围中成长。他的爷爷、父亲、堂兄弟，都是布洛陀史诗的传承人，在当地名气很大。逢年过节，家家户户、各个村屯都邀请他们前去举行相关仪式并演唱布洛陀史诗。他们家族中有不少史诗手抄本在传承，其中有关布洛陀创世的篇章曾被收录进《布洛陀经

诗译注》(1991)一书中。在这样浓郁的布洛陀史诗文化环境下，覃安业耳濡目染，从小就学习吟诵布洛陀史诗，参与相关的仪式活动筹备工作，这为他成长为一名优秀的史诗传承人打下了良好的基础。

经过多年的学习和实践，覃安业如今已经成为布洛陀史诗的代表性传承人。他在日常生活中响应百姓的精神需要，操持各类与布洛陀史诗相关的仪式。他以史诗演述的方式，向民众传播着有关布洛陀创世造物的各种伟大事迹，传递了壮族历代积累的智慧，把人们在平日需要恪守的尊老爱幼、与自然和谐相处等原则说清道明，促进了社会的融洽发展。家族中不少损坏、残旧的布洛陀史诗手抄本，经过他的修缮、重抄，成为珍贵的民族文化资料。

与此同时，覃安业熟知当地有关布洛陀的风物传说。他能绘声绘色地叙述有关亭怀屯布洛陀神像的典故、布洛陀在亭怀屯造牛等传说，把听众带入布洛陀的世界里去。据说，亭怀屯山崖上横着突出的一块巨型石柱是布洛陀的生殖器，隐约还能看到布洛陀和姆洛甲的形象。但凡有人从石柱下经过，要下马脱帽、祭祀敬礼，才能安全通过。如有多年不孕的女性来此祈求，便能获得布洛陀的保佑，将来必定多子多福。如今，人们在山崖石柱上方塑起了布洛陀和姆洛甲的样子，表达对他们的崇敬和追忆。此外，布洛陀还曾在亭怀屯造牛，凡人肉眼看不见神牛，却始终是一百头不多也不少。

在覃安业的号召下，亭怀屯恢复了祭祀布洛陀和姆洛甲神像的传统。按照传统，亭怀屯及周边的民众都会在每年的正月初四至初六到山崖石柱下祭祀，感激始祖的护佑，祈求来年平安如意。由于种种原因，这种传统在二十世纪七八十年代中断了。近几年，在覃安业的努力下，村屯家家户户出资出力恢复传统，缅怀始祖。届时，他组织自己的史诗演诵队伍，将手中有关布洛陀创世造物的所有篇章都吟诵一遍，对民族文化的传承起到了积极作用。他还负责组织亭怀屯的民众，每年在春祭期间前往敢壮山祭祀布洛陀，展现了亭怀屯别具一格的布洛陀文化传统。

多亏了覃安业这样坚持不懈、锲而不舍的布洛陀史诗传承人，壮族的布洛陀史诗及其文化传统才能够代代相传，发扬光大。

广西国家级非遗代表性项目名录

序号	名称	类别	公布时间	保护单位
1	布洛陀	民间文学	2006年（第一批）	田阳县文化馆
2	刘三姐歌谣	民间文学	2006年（第一批）	河池市宜州区刘三姐文化传承中心
3	壮族嘹歌	民间文学	2008年（第二批）	平果县民俗文化传承展示中心
4	密洛陀	民间文学	2011年（第三批）	都安瑶族自治县文化馆
5	壮族百鸟衣故事	民间文学	2014年（第四批）	横县文化馆（横县非物质文化遗产保护中心）
6	仫佬族古歌	民间文学	2021年（第五批）	罗城仫佬族自治县文化馆
7	侗族大歌	传统音乐	2006年（第一批）	柳州市群众艺术馆
8	侗族大歌	传统音乐	2006年（第一批）	三江侗族自治县非物质文化遗产保护与发展中心
9	多声部民歌（瑶族蝴蝶歌）	传统音乐	2008年（第二批）	富川瑶族自治县文化馆
10	多声部民歌（壮族三声部民歌）	传统音乐	2008年（第二批）	马山县文化馆
11	那坡壮族民歌	传统音乐	2006年（第一批）	那坡县文化馆
12	吹打（广西八音）	传统音乐	2011年（第三批）	玉林市玉州区文化馆
13	京族独弦琴艺术	传统音乐	2011年（第三批）	东兴市文化馆

续表

序号	名称	类别	公布时间	保护单位
14	凌云壮族七十二巫调音乐	传统音乐	2014年（第四批）	凌云县文化馆
15	壮族天琴艺术	传统音乐	2021年（第五批）	崇左市群众艺术馆
16	狮舞（藤县狮舞）	传统舞蹈	2011年（第三批）	藤县文化馆
17	狮舞（田阳壮族狮舞）	传统舞蹈	2011年（第三批）	田阳县文化馆
18	铜鼓舞（田林瑶族铜鼓舞）	传统舞蹈	2008年（第二批）	田林县文化馆
19	铜鼓舞（南丹勤泽格拉）	传统舞蹈	2014年（第四批）	南丹县非物质文化遗产保护传承中心
20	瑶族长鼓舞	传统舞蹈	2008年（第二批）	富川瑶族自治县文化馆
21	瑶族长鼓舞（黄泥鼓舞）	传统舞蹈	2011年（第三批）	金秀瑶族自治县文化馆
22	瑶族金锣舞	传统舞蹈	2014年（第四批）	田东县文化馆
23	多耶	传统舞蹈	2021年（第五批）	三江侗族自治县非物质文化遗产保护与发展中心
24	壮族打扁担	传统舞蹈	2021年（第五批）	都安瑶族自治县文化馆
25	粤剧	传统戏剧	2014年（第四批）	南宁市民族文化艺术研究院（南宁市戏剧院、南宁市非物质文化遗产保护中心）
26	桂剧	传统戏剧	2006年（第一批）	广西壮族自治区戏剧院
27	采茶戏（桂南采茶戏）	传统戏剧	2006年（第一批）	博白县文化馆
28	彩调	传统戏剧	2006年（第一批）	广西壮族自治区戏剧院

续表

序号	名称	类别	公布时间	保护单位
29	壮剧	传统戏剧	2006年（第一批）	广西壮族自治区戏剧院
30	侗戏	传统戏剧	2011年（第三批）	三江侗族自治县非物质文化遗产保护与发展中心
31	邕剧	传统戏剧	2008年（第二批）	南宁市民族文化艺术研究院（南宁市戏剧院、南宁市非物质文化遗产保护中心）
32	广西文场	曲艺	2008年（第二批）	桂林市戏剧创作研究院（桂林市非物质文化遗产保护传承中心）
33	桂林渔鼓	曲艺	2014年（第四批）	桂林市群众艺术馆
34	末伦	曲艺	2021年（第五批）	靖西市文化馆
35	抢花炮（壮族抢花炮）	传统体育、游艺与杂技	2021年（第五批）	南宁市邕宁区文化馆（南宁市邕宁区广播影视站）
36	竹编（毛南族花竹帽编织技艺）	传统美术	2011年（第三批）	环江毛南族自治县非物质文化遗产保护传承中心
37	贝雕（北海贝雕）	传统美术	2021年（第五批）	北海市恒兴珠宝有限责任公司
38	骨角雕（合浦角雕）	传统美术	2021年（第五批）	合浦金蝠角雕厂
39	壮族织锦技艺	传统技艺	2006年（第一批）	靖西市文化馆
40	侗族木构建筑营造技艺	传统技艺	2006年（第一批）	柳州市群众艺术馆
41	侗族木构建筑营造技艺	传统技艺	2006年（第一批）	三江侗族自治县非物质文化遗产保护与发展中心

续表

序号	名称	类别	公布时间	保护单位
42	陶器烧制技艺（钦州坭兴陶烧制技艺）	传统技艺	2008 年（第二批）	广西钦州坭兴陶艺有限公司
43	黑茶制作技艺（六堡茶制作技艺）	传统技艺	2014 年（第四批）	苍梧县文化馆
44	米粉制作技艺（柳州螺蛳粉制作技艺）	传统技艺	2021 年（第五批）	柳州市群众艺术馆
45	米粉制作技艺(桂林米粉制作技艺）	传统技艺	2021 年（第五批）	桂林市戏剧创作研究院（桂林市非物质文化遗产保护传承中心）
46	龟苓膏配制技艺	传统技艺	2021 年（第五批）	广西梧州双钱实业有限公司
47	壮医药(壮医药线点灸疗法）	传统医药	2011 年（第三批）	广西中医药大学
48	京族哈节	民俗	2006 年（第一批）	东兴市文化馆
49	三月三（壮族三月三）	民俗	2014 年（第四批）	南宁市武鸣区文化馆
50	瑶族盘王节	民俗	2006 年（第一批）	贺州市群众艺术馆
51	壮族蚂蜴节	民俗	2006 年（第一批）	河池市非物质文化遗产保护中心
52	仫佬族依饭节	民俗	2006 年（第一批）	罗城仫佬族自治县文化馆
53	毛南族肥套	民俗	2006 年（第一批）	环江毛南族自治县非物质文化遗产保护传承中心
54	壮族歌圩	民俗	2006 年（第一批）	南宁市民族文化艺术研究院（南宁市戏剧院、南宁市非物质文化遗产保护中心）
55	苗族系列坡会群	民俗	2006 年（第一批）	融水苗族自治县文化馆

续表

序号	名称	类别	公布时间	保护单位
56	壮族铜鼓习俗	民俗	2006年（第一批）	河池市非物质文化遗产保护中心
57	瑶族服饰	民俗	2006年（第一批）	南丹县非物质文化遗产保护传承中心
58	瑶族服饰	民俗	2006年（第一批）	贺州市群众艺术馆
59	瑶族服饰	民俗	2014年（第四批）	龙胜各族自治县文化馆
60	农历二十四节气（壮族霜降节）	民俗	2014年（第四批）	天等县文化馆
61	宾阳炮龙节	民俗	2008年（第二批）	宾阳县文化馆
62	民间信俗（钦州跳岭头）	民俗	2014年（第四批）	钦州市非物质文化遗产传承保护中心
63	茶俗（瑶族油茶习俗）	民俗	2021年（第五批）	恭城瑶族自治县油茶协会
64	中元节（资源河灯节）	民俗	2014年（第四批）	资源县文化馆
65	规约习俗（瑶族石牌习俗）	民俗	2021年（第五批）	金秀瑶族自治县文化馆
66	瑶族祝著节	民俗	2021年（第五批）	巴马瑶族自治县文化馆
67	壮族侬峒节	民俗	2021年（第五批）	崇左市群众艺术馆
68	壮族会鼓习俗	民俗	2021年（第五批）	马山县文化馆
69	大安校水柜习俗	民俗	2021年（第五批）	平南县文化馆
70	敬老习俗（壮族补粮敬老习俗）	民俗	2021年（第五批）	巴马瑶族自治县文化馆

注：保护单位名称以国务院公布的项目名录信息为参照

书籍设计 | 刘瑞锋　钟　铮　黄璐霜

音像制作 | 钟智勇　王　涛

图片摄影 | 黄明标　陆月媚　陆生雄
张天增　韦覃江　曹　昆
陆　益

图片提供 | 百色市田阳区布洛陀文化研究会
广西壮族自治区博物馆
广西少数民族古籍保护研究中心

视频提供 | 百色市田阳区布洛陀文化研究会